Hummingbird
CLASSICS
蜂鸟文丛

二十世纪外国文学大家小藏本

动物农场

Animal Farm

〔英〕乔治·奥威尔/著

辛红娟/译

U0659957

人民文学出版社

George Orwell
ANIMAL FARM

图书在版编目（CIP）数据

动物农场/（英）乔治·奥威尔著;辛红娟译.—北京:人民文学出版社,2016
　（蜂鸟文丛）
ISBN 978-7-02-012205-9

Ⅰ.①动…　Ⅱ.①乔…②辛…　Ⅲ.①中篇小说—英国—现代　Ⅳ.①I561.45

中国版本图书馆 CIP 数据核字（2016）第 282325 号

责任编辑　马爱农
装帧设计　刘　静
责任印制　徐　冉

出版发行　人民文学出版社
社　　址　北京市朝内大街 166 号
邮政编码　100705
网　　址　http://www.rw-cn.com

印　　刷　三河市西华印务有限公司
经　　销　全国新华书店等

字　　数　71 千字
开　　本　787 毫米×1092 毫米　1/32
印　　张　5.25　插页 4
印　　数　1—6000
版　　次　2018 年 10 月北京第 1 版
印　　次　2018 年 10 月第 1 次印刷

书　　号　978-7-02-012205-9
定　　价　28.00 元

如有印装质量问题,请与本社图书销售中心调换。电话:010-65233595

Hummingbird
CLASSICS
蜂鸟文丛

乔治·奥威尔 (1903—1950)

英国著名小说家、记者和社会评论家。奥威尔是一个以诚实的政治信念来真实写作的作者，代表作《动物农场》和《一九八四》是反极权主义的经典名著。奥威尔一生短暂，但以敏锐的洞察力和犀利的文笔审视和记录着他所生活的那个时代，做出了许多超越时代的预言，被称为"一代人的冷峻良知"。

《动物农场》是奥威尔著名的反乌托邦寓言小说，自1945年出版以后引起很大反响，被翻译成多国文字。书中讲述了"动物主义"革命酝酿、兴起和最终蜕变的故事：农场中的一群动物不堪人类压迫，奋起反抗并建立自己的家园，然而这场革命由于领导者猪的独裁和动物们的愚昧盲从而变质，农场升级成为一个更不平等、更残酷的专制社会。作品寓意深刻，发人深省。作者借助寓言的叙述方式，通过简单易懂的故事辛辣而深刻地揭示政治和社会现实。

乔治·奥威尔

George Orwell

出版说明

二十世纪，世界文坛流派纷呈，大师辈出。为将百年间的重要外国作家进行梳理，使读者了解其作品，人民文学出版社决定出版"蜂鸟文丛——二十世纪外国文学大家小藏本"系列图书。

以"蜂鸟"命名，意在说明"文丛"中每本书犹如美丽的蜂鸟，身形虽小，羽翼却鲜艳夺目；篇幅虽短，文学价值却不逊鸿篇巨制。在时间乃至个人阅读体验"碎片化"之今日，这一只只迎面而来的"小鸟"，定能给读者带来一缕清风，一丝甘甜。

这里既有国内读者耳熟能详的大师，也有曾在世界文坛上留下深刻烙印、在我国译介较少的名家。书中附有作者生平简历和主要作品表。期冀读者能择其所爱，找到相关作品深度阅读。

"丛书"将分辑陆续推出,"蜂鸟"将一只只飞来。愿读者诸君,在外国文学的花海中,与"蜂鸟"相伴,共同采集滋养我们生命的花蜜。

人民文学出版社编辑部

二〇一六年一月

译 者 前 言

　　乔治·奥威尔（George Orwell），原名埃里克·亚瑟·布莱尔，一九〇三年出生于英属印度孟加拉邦莫蒂哈里，英国著名小说家、散文家和政治讽刺评论家。在近二十年的写作生涯中，奥威尔创作了大量的散文、评论、随笔、杂文和长篇小说。奥威尔以敏锐的洞察力和犀利的文笔审视和记录着其所生活的时代，做出了许多超越时代的预言，被称为"一代人的冷峻良知"，代表作《动物农场》和《一九八四》为他赢得了世界性盛誉。出版于一九四五年的《动物农场：一个童话故事》（*Animal Farm：A Fairy Story*），被广泛认为是英国二十世纪最重要的政治讽喻小说，以隐喻的形式描写农场里的一群动物带着对未来美好社会的憧憬，在两头猪的带领下打破旧秩序、冲出人类钳制的牢笼，却又落入一个更加暴奇的陷阱，依然遭受

1

欺骗、奴役和残暴统治。该书以童话的外表，承载了深重的社会关切，夏志清教授认为，"西方文学自伊索寓言以来，历代都有以动物为主的童话和寓言，但对二十世纪后期的读者来说，此类作品中没有一种比《动物农场》更中肯地道出当今人类的处境了。"

《爱尔兰时报》曾评价奥威尔"是一位能够且应该被每一个时代重新发现的作家"，在其去世后的六十多年里，奥威尔确实被一次又一次地重新发现。二十世纪五十年代以来，西方译介、研究奥威尔的著述可谓汗牛充栋，奥威尔预言过的一九八四年的现实到来，掀起了西方世界研究奥威尔的热潮，奥威尔诞生一百周年（2003）则引发西方学术界再度聚焦奥威尔。奥威尔研究学者马尔科姆·布雷德伯里在为企鹅版《动物农场》（2000）所作《序言》中分析指出，"一部好书的标志在于，它被不断重读，易言之，被不断重写。今天，《动物农场》出版五十余年了，影响依然。图书一再刊印，深深融入许多社会，改变了多种想象观念。已被翻译成六十八种不同语言。……《动物农场》可能会激发上百种现代智识解读，这部看似简单实则意味隽永的寓言故事,在二十世纪风云变幻的政治与道德迷宫中,始终能够为我们指点迷津。"

《动物农场》作为著名的反乌托邦寓言小说,讲述了"动物主义"革命酝酿、兴起和最终蜕变的故事:农庄中的一群动物不堪人类压迫,奋起反抗并建立自己的家园,然而这场革命最终由于领导者猪的独裁和动物们的愚昧盲从而变质,农场升级成为一个更不平等、更残酷的专制社会。该书出版七十余年来,奥威尔和他的《动物农场》经由翻译,已经被普遍解读为批判极权统治的经典文化符号。这套经典文化符号中涉及的人物(动物)并不多:几头猪,几匹马,几只鸡,几条狗,指涉革命中的领导者及其精英力量;绵羊、奶牛、猫、鸽子和成群的鸡与鹅,等等无名无姓,代表广大勤劳而通常愚昧盲从的普通民众。奥威尔书中,分别喻指人类革命过程中众生相的是:倡导"全体人类都是敌人。全体动物都是同志!"最先煽动暴动的老公猪;带领动物发起暴动取得胜利的两头小公猪;醉心摇唇鼓舌、歌功颂德的传令猪;代表革命过程中截然不同两派群众的三匹马;有哲学头脑的驴子、略识文字的白山羊,偷懒嚼舌的乌鸦……

奥威尔的童年生活、后来当教师和在英国广播公司工作的经历,使他一直热衷于童话故事体裁,但童话不过是奥威尔政治书写的载体。《动物农场》以童话寓言的方式,通俗却又绝对深刻地描述了"极权"的诞生、发展和最终形成。童话寓言作为一种绝对普遍的表达方式和观察世界的模式,不受时间和地域条件的限制,不同时代、不同民族、不同文化中的读者在面对寓言作品时容易产生共鸣。奥威尔借助童话寓言的叙述方式,通过简单易懂的故事体现人类的普遍理解力。作品的意义并不局限于对斯大林时期的政治极权的影射,而旨在更复杂、深远的喻指——反对一切形式的极权主义,追求民主与公正。因此,世界各国关注奥威尔现象、热爱奥威尔作品的读者和研究者,应当将文本置于更为广阔的社会政治背景中来理解,如此才不会有违作者原意。奥威尔用童话寓言告诫世人:一个革命后的政权,如果没有民主监督,没有法治,必定异化,必定走向革命的反面,甚至会建立起更强的专制。严格意义上说来,奥威尔原著是"最残酷、不适合儿童阅读的'童话'",但在当时的政治风云中,唯托言童话,奥威尔的政治书写才能够喷薄而出,起到政治警示的作用。他的目标读者从来都不是儿童,而是深陷于二十世纪政治旋涡的成人。

《动物农场》之所以获得如此的关注和普遍的喜爱,除了作品本身寓涵的政治启示外,更主要的是由于奥威尔创作中的独特文学艺术特色。岁月荏苒,奥威尔语言大师般质朴、精练的文风在文学丛林中熠熠生辉。奥威尔在《我为什么写作》中曾详细阐述过自己写作的四大动机,其中之一就是"唯美的思想和热情",并且还说如果所创作的作品不能同时也成为一次审美的活动自己是不会写的。无疑,《动物农场》就是奥威尔将文学作为一次审美活动的典范。陆建德教授曾经评论说,奥威尔在英国文学史上留名,更多是跟他的写作风格有关系,其最大的长处就是明晰,遣词造句恰到好处,惯常使用普通词汇,但表达意涵契合、妥帖。作为一名文体家,奥威尔在英国文学中有非常独特的位置,但他不只是拥有形式,读者喜欢他语言的时候,也必然喜欢他所论及的内容。奥威尔是一个以诚实的政治信念进行写作的作家，他在陈述政治见解和社会认识时，努力选用普通人能够阅读和理解的文字形式。对奥威尔而言，"好文章应当像一块窗玻璃。"（《我为什么写作》）与其他知识分子用看似深奥的花言巧语讨好权力的做法不同，奥威尔的文字清晰、准确、简洁，透过他的文字可以看到他所生活的真实世界和他的真诚思考。通常所谓的"奥威尔风格"就是政治与文学的完美结合，他凭生活经验和直接感受，用最简洁明快的语言说出大实话，这种语言因而十分具有穿透力。马尔科姆盛赞《动物农场》为怀疑类小说的最高形式，行文时而教条，时而板起面孔，时而神圣凛然，是奥威尔写得最棒的一部作品。作品借助动物寓言的形式，将犀利的政治讽喻与生动的神话叙事结合起来，充满道德活力，鲜少政治性敌视话语。《动物农场》文笔娴静，文脉通畅，充溢着斯威夫特式的慨然与确定。作品能够取得巨大成功，多半有赖于此。

即将结束行文之际，笔者拟借用钱锺书先生关于文学翻译的描述作结。钱先生从训诂学的角度，阐释"译""诱""媒""讹""化"的辩证关系时说,"一国文字和另一国文字之间必然有距离、译者的理解和文风跟原作品的内容和形式之间也不会没有距离,而且译者的体会和他自己的表达能力之间还时常有距离。从一种文字出发,积寸累尺地度越那许多距离,安稳到达另一种文字里,这是很艰辛的历程。一路上颠顿风尘,遭遇风险,不免有所遗失或受些损伤。"笔者借用钱先生的话非为自己翻译笔力不逮、语义拙涩之处开脱,而是希望关注奥威尔现象、热爱《动物农场》的读者,能够参与对《动物农场》热译现象的社会学思考和翻译学思考,希望未来的翻译实践者能够从中国传统译论中撷取理论精华,实践与思考并重,将文学译介事业发扬光大。

辛 红 娟

二〇一六年六月

宁波大学至善楼寓所

目　次

第 一 章

　　这天夜里,庄园农场的琼斯先生喝高了,锁上鸡舍却忘记关畜栏大门。他趔趄着穿过院子,手提灯的光圈随着他的身体左摇右晃。走到后门口,琼斯甩掉脚上的短靴,从厨房啤酒桶里又灌了一杯啤酒下肚。待他摇晃着摸上床时,琼斯太太早已"鼾"然熟睡。

　　卧室里灯光刚熄灭,农场圈栏各处立刻响起一片窸窸窣窣的声音。白天,农场里传言说,老少校(那头得过奖的中白公猪)头天夜里做了个怪梦,想要跟大家伙说一说。动物们于是商定,一旦确定琼斯先生不会出来阻挠,就到大仓棚里集中。老少校(尽管他当年参赛名为"威灵登美猪",大

1

伙儿却都一直称他老少校)在农场里威望很高,大家都愿意牺牲一个小时的睡眠时间听听他要说什么。

大仓棚尽头有块宛似演讲台的高地,老少校安卧在铺就的稻草铺上,头顶正上方橡梁上吊着一盏灯。老少校十二岁了,近来明显发福,虽然从没锯过獠牙,看上去却仪表不俗,睿智而不失和善。很快,其他动物陆续赶到,各自找到舒坦的姿势安顿下来。最先来的是三条狗:布鲁贝尔、杰西和品彻;接着,几头猪来到演讲台前,卧倒在草秸堆里。母鸡跳上窗槛,鸽子飞上仓棚橡条,绵羊和奶牛紧挨在几头猪后面躺下,开始将胃里的食物反到嘴里咀嚼。拉货车的波克赛和克罗弗一同走进来,步履缓慢,毛茸茸的大蹄子每一步都落得小心翼翼,生怕踩到藏在草堆里的什么小动物。克罗弗是一匹中年母马,敦实、和善,生育过四胎,身材严重走样。波克赛身形庞大,高约六英尺,块头有两匹普通马加在一起那么大。他鼻子上长了一条白斑纹,看起来有点蠢相,不过话又说回来,他也的确算不上智商一流。大家都非常敬重他,主要是因为他性格稳重,干起活来力大无穷。跟在波克赛和克罗弗后面进来的是白山羊缪丽尔和驴子本杰明。农场里就数本杰明年岁最长、脾气最臭。他不开口则已，一开口就怪话连篇——比如，他会说上帝让他长尾巴就是为了赶苍蝇，可他宁可不长尾巴也不愿意有苍蝇。农场所有的动物中，只有他最不苟言笑。要是问起原因，他总说自己没见着什么值得笑的。虽然不曾公开承认，但他跟波克赛私交不错。他们俩通常星期天一道去果园那边的小草场，肩并肩、默契地啃草。

两匹马刚刚躺下，一群失去妈妈的小鸭子涌入大仓棚，一边低声嘎嘎叫着，一边摇摆着四处走动，想找个不会被其他动物踩到的地方。克罗弗用壮硕的前蹄把他们圈在中间，像围起了一堵墙。小鸭子们舒舒服服地躺下，不一刻就睡熟了。白母马莫丽在最后一刻姗姗来迟。莫丽平日里替琼斯先生拉轻便座驾，模样标致，脑袋呆蠢。她嘴里嚼着一块方糖，迈着优雅的小碎步走进来，找到靠前面的地方，开始摆弄自己的白鬃毛，希望大家注意到她鬃毛上系着的红飘带。猫最后一个来，照例张望了一圈，想找个最暖和的地方。最终挤到了波克赛和克罗弗中间。老少校讲话全程，她都呼噜呼噜、心满意足地睡着，一个字也没听。

除了驯养在后门旁栖枝上的乌鸦摩西，其他动物都到了。老少校看到大家各自就位，专注地等着，便清清嗓子，开了口：

"同志们，大家想必都已经听说我昨夜做了个怪梦。但我想先跟大家说点别的事情。同志们，我恐怕没几个月活头了，我觉得有义务在临终前把一生的智慧传给各位。我活到这么一把岁数，独自躺在圈栏里的大部分时间都在思考，可以说我对生活的认识不比这世上的其他动物差。今天召集大家来开会，就是想跟大家聊聊生活。

"同志们，咱们大家这是过的什么生活？可以说，咱们的生活悲惨、劳碌而又短暂。我们来到这个世界，食物仅能勉强果腹。咱们大家，但凡有口气，都会被逼迫着劳动到最后一刻，一旦不中用了，就会被残忍地屠宰掉。英格兰的动物，满了一岁之后就不知道幸福和闲暇为何物。在英格兰，动物没有自由。动物一生境遇凄惨，饱受奴役，这是明摆着的事实。

"难道仅仅因为这是大自然的安排？难道因为我们的土地太贫瘠，无法供养芸芸众生过上体

面的生活？不，同志们，绝非如此！英格兰土地肥
沃，气候适宜，物产富饶，足以供养远超目前数量
的动物。仅我们这个农场就足以养活十二匹马、
二十头奶牛和几百上千只羊，所有的动物都能过
得无比安逸、体面。那么，我们为什么却一直过着
悲惨的生活呢？原因是——人类窃取了我们几乎
全部的劳动果实！同志们，这就是所有问题的症
结。可以归咎成一个词——人类。人类是我们唯
一的敌人，真正的敌人！赶走人类，才能彻底祛除
饥饿与劳役。

　　"人类是唯一一只消耗、不生产的动物。人类
不产牛奶，不生蛋，身板弱拉不动犁耙，跑得慢抓
不了野兔。然而，人类却主宰着所有的动物，驱使
动物为他干活，只发给动物们勉强果腹不至于饿
死的口粮，余下的粮食全部被他据为己有。我们
辛勤耕地，用粪便肥田，到头来除了这具皮囊别无
所有。你们这些奶牛，过去一年挤了几千加仑奶？
那些本该用来养肥小牛犊的奶哪里去了？每一滴
都进了敌人的肚子！你们这些母鸡，过去一年产
了多少只蛋？又有多少只蛋孵成了小鸡？剩余的
鸡蛋全部被琼斯和工人卖到市集换成了钱。还有

你,克罗弗,你生的四匹小马驹去哪儿了?他们本来可以为你养老、承欢膝下。不满一岁就全都被卖掉,你再也见不到他们。四次辛苦孕育,整日田间劳作,除了一点微薄的口粮和圈栏,你还得到过什么?

"然而,即便是这样的悲惨生活,我们也活不到寿终正寝。我自己没什么可抱怨的,算得上幸运,活到十二岁,生育过四百多个孩子,享有了猪的自然寿命。但动物终究难逃残忍的屠刀。你们这些坐在我面前的小肉猪,不出一年,个个都会被送上案台,嚎叫着丧命。我们都难逃此劫——奶牛、猪、母鸡、绵羊,无一例外。马和狗也好不到哪里去。波克赛,等到年老力衰,琼斯就会把你卖给屠户,割断喉咙,煮熟以后喂猎狗。至于狗,当你们老得掉光牙齿,琼斯就会在你们脖子上拴块砖头,拉到最近的池塘里淹死。

"同志们,你们难道还不明白?是人类的暴虐导致我们生活凄惨!只有除掉人类,劳动果实才能归我们自己所有。一夜之间,我们就可以拥有财富、获得自由。如何才能实现?当然是日夜为继、全心全意,为推翻人类的统治而奋斗!同志们,我要传达给你们大家的信息就是:暴动!我也不知道暴动什么时候会发生,也许一个星期,也许一百年,但我非常清楚地知道,正义迟早要来到。同志们,短短的有生之年,你们一定要睁大眼睛看清楚!最重要的是,请把我的信息传递给咱们的后代,号召咱们的子子孙孙投身暴动,直至取得最后胜利。

"同志们,记住,决心永远不能动摇!不要被任何诡辩牵制。不要轻信人类和动物利益与共、财产均享的鬼话。一派胡言!人类只为自己谋利益。咱们动物应当团结一致,在斗争中同心同德。全体人类都是敌人。全体动物都是同志!"

这时,大仓棚里一阵骚动。老少校演讲时,四只硕大的老鼠从洞里爬出来,蹲坐着听他慷慨陈词,突然被几条狗发现。老鼠迅速窜回洞里,侥幸得以逃生。少校抬抬前蹄,示意大家安静:

"同志们,"他说,"眼下有一个问题需要首先解决:野生动物,比如老鼠和野兔,他们是敌人还是朋友?我们大家投票表决。我向大会提议:老鼠是同志吗?"

投票即刻举行,压倒多数的选票认为老鼠是

同志。只有四票反对——三条狗和一只猫。事后,大家发现猫既投了反对票,也投了赞成票。少校接着说:

"我要说的就是这些。我想再次重申:请牢记你们的责任——与人类和人类的行为势不两立。两条腿走路的都是敌人。四条腿走路,或者长翅膀的,都是朋友。大家同时还要牢记:在跟人类的斗争中,切忌效仿他们。即便最后打垮了人类,也不可沾染他们的恶习。动物不能睡在房子里、不能睡在床上、不能穿衣戴帽、不能饮酒、不能吸食烟草、不能染指金钱或经营买卖。人类的所有习惯都是罪恶。最重要的一点,任何动物都不能对同类施行暴政。无论强弱,无论愚智,我们都是兄弟。任何动物都不得杀害其他动物。所有动物一律平等。

"现在,同志们,我要跟各位说说我昨天夜里的梦。我无法向你们准确描述那个梦。那是一个关于人类从地球上消失之后的梦。让我想起一些很久之前忘记的事情。记得我小时候,母亲和其他母猪常常哼唱一首老歌,她们只记得歌的曲调和歌词的前三个字。我幼时非常熟悉,后来渐渐遗忘了。然而，我梦里出现了那首歌。而且，我还梦到了完整的歌词——我相信，这首歌很久之前曾在动物中广为传唱，后来因年代久远失传。同志们，我现在就给大家唱唱这首歌。我年纪大了，嗓音嘶哑，教给你们，你们一定会唱得比我好听。歌名叫《英格兰牲畜之歌》。"

老少校清清嗓子，唱了起来。他声音确实嘶哑，不过唱得很好，令大家群情激昂。调子介乎儿歌《克莱门坦》与墨西哥民歌《拉·库卡拉查》之间。歌词如下：

> 英格兰、爱尔兰、
> 世界各地的牲畜，
> 快来听我把喜报，
> 未来世界真美妙。

> 幸福日子在眼前，
> 人类暴君要推翻，
> 英格兰沃野和良田，
> 任咱牲畜踏其间。

> 鼻上套环要丢掉，

背上鞍具全不要，
锈坏马刺和马嚼，
残酷毒鞭无处摇。

无尽财富难猜料，
各种麦子和干草，
苜蓿菜豆糖萝卜，
全成美味和佳肴。

沃野良田阳光照，
清澈水源田间绕，
自由之日快来到，
微风香甜伴欢笑。

为那一天早来到，
我们誓死以身报，
牛马鹅儿与火鸡，
应为自由共赴蹈。

英格兰、爱尔兰，
世界各地的牲畜，

听后快把喜报传，

黄金时代在眼前。

　　歌声令台下的动物激情澎湃。少校还没有唱完，大家已经开始唱起来。他们中最愚笨的动物都记住了曲调和几句歌词，猪和狗这些比较聪明的，立刻就记住了整首歌。大家练习了几次，整个农场回荡着嘹亮、整齐的《英格兰牲畜之歌》。奶牛哞哞，群狗呜呜，绵羊咩咩，马匹嘶鸣，鸭子嘎嘎。动物们非常喜欢这首歌，一连唱了五遍，要是没被打断，准会唱上一通宵。

　　不幸的是，喧闹声吵醒了睡梦中的琼斯先生。他腾地翻身下床，去看看院子里是否进了狐狸。琼斯先生一把抄起卧室墙角放着的猎枪，对着黑暗中射出一匣六号子弹。子弹射进大仓棚山墙，集会仓皇结束。动物们各自逃回住处，小鸟飞上栖木，牲畜躺进草堆。不一会儿，整个农场就进入了梦乡。

第 二 章

三天后的夜里,老少校在睡梦中平静地死去。他的尸体被埋在果园下面。

时值早春。接下来的三个月中,农场里秘密活动十分频繁。老少校的讲话让农场里那些智力较高的动物对生活有了全新的期待。他们并不知道少校预言的暴动什么时候会发生,也没有理由认定准会在他们的有生之年发生,但他们十分清楚自己有责任为那一天做好准备。大家公认猪是农场上最聪明的,教导和组织其他动物的重任自然就落在了他们肩上。猪里面最出类拔萃的是琼斯圈养出售的两头小公猪,斯诺鲍尔和拿破仑。拿破仑体形硕大,满脸凶相,是农场上唯一的巴克夏公猪,平日里话不多,但素以有主见著称。斯诺鲍尔比拿破仑外向得多,快言快语,主意也很多,但公认不如拿破仑见解深邃。农场上的其他公猪都是肉猪。其中,最出名的是只小胖猪,叫斯奎勒,一张圆鼓鼓的脸,两只眼睛闪着精光,行动灵活,嗓子尖细。斯奎勒能说会道,遇到很难辩论的观点,他就踱过来踱过去,摇着尾巴,一副很有把握的样子。大家公认,斯奎勒能把黑的说成白的。

这三只猪把老少校的教导发展成一整套思想体系,称为"动物主义"。每周有几个晚上,一等琼斯先生上床睡觉,他们就在大仓棚里召开秘密集会,向大家宣讲动物主义的旨要。一开始,动物们全都一副呆蠢冷漠相。有些动物说要对琼斯先生忠诚,尊他为"老爷",还有的说一些诸如"琼斯先生供我们吃喝。要是把他赶走,我们准会饿死"之类的话。也有的动物问:"我们为什么要关心死后发生什么事?"或者问:"如果暴动一定会发生,我们做不做准备又有什么区别?"三只猪大费口舌,努力让大家明白这些问题有悖动物主义思想。白母马莫丽的问题个个愚蠢透顶。她张口就问斯诺鲍尔:"暴动之后,还有方糖吃吗?"

13

"没有，"斯诺鲍尔语气坚定，"我们农场没有办法制糖。再说，你也不需要方糖。燕麦和干草任你吃个够。"

"我鬃毛上还允许系彩带吗？"莫丽接着又问。

"同志，"斯诺鲍尔说，"你钟情的那些彩带是奴隶的象征。你难道不明白自由比彩带更可贵吗？"

莫丽不做声了，可似乎并不十分信服。

驯养乌鸦摩西散播的谎言，最令三只猪头疼不已。摩西最得琼斯先生宠爱，是个密探，爱打小报告，巧舌如簧。他声称知道一个叫"糖果山"的神秘地方，所有的动物死后都会去那里。摩西说，糖果山在天上，穿过云层还有一段距离。糖果山上，每周七天都是休息日，苜蓿草四季常青，树篱上长满方糖和亚麻籽蛋糕。摩西整日搬唇递舌，不干活，动物们都讨厌他。可有些动物相信糖果山的存在，三只猪只好大费口舌，说服他们那不过是个乌有乡。

两匹拉货车的马，波克赛和克罗弗，是最忠诚的信徒。他们俩几乎不具备独立思考的能力，一旦认定了猪当导师,就欣然接受猪的所有教导,还不假思索地传给其他动物。他们俩一次不落地参加大仓棚里的秘密集会,每次集会结束前他们俩就带头领唱《英格兰牲畜之歌》。

突然,事况急转直下,暴动提前发生并一举获得胜利!琼斯先生从前虽说严苛,却把农场打理得井井有条,最近触了霉运。他跟人打官司赔了钱,从此一蹶不振,酗酒度日。有时候,他整日坐在厨房的温莎椅中,无聊地翻看报纸、喝酒,不时丢一块蘸泡了啤酒的面包屑给乌鸦摩西。他手下那些工人开始偷奸耍滑,地里杂草丛生,圈栏顶棚失修,树篱疏于打理,农场里的动物饥饱无定。

转眼到了六月,牧草快要收割了。施洗约翰节①前一天,适逢星期六,琼斯先生在威灵登红狮酒馆喝得酩酊大醉,直到星期天中午才返回农场。工人们一大早挤完牛奶就出去打野兔了,留下一群动物无人饲喂。琼斯先生回到农场径直倒在客厅沙发上睡着了,脸上蒙着《世界新闻报》。动物

---

① 施洗约翰节(Midsummer Day),6 月 24 日,英国四大结账日之一。

们一直等到深夜也没吃上东西。最后,大家终于忍无可忍。一头奶牛率先用犄角撞开饲料棚大门,所有的动物一拥而入,大嚼大吃起来。就在这当口,琼斯先生突然醒了。他立刻带上四名工人冲进饲料棚,挥舞鞭子一顿猛抽。如此一来更加激怒了这群饥肠辘辘的动物。虽然没有事先筹划,动物们却商量好了似的冲向这群挥鞭抽打他们的人类。琼斯和手下的工人顿时遭到来自各个方向的冲撞、踢打。场面完全失控。他们从来没有见过动物如此疯狂,一贯任由他们抽打、虐待的牲口突然造反,把这几个人吓得魂飞魄散,很快就放弃防卫,仓皇撤逃。不一刻,五个人沿着通往大路的马车道逃窜,动物们乘胜而上,穷追不舍。

琼斯太太透过卧室窗户看到外面发生的一切,匆忙把几件值钱的东西塞进毛毡旅行袋,从另外一条路逃出农场。乌鸦摩西飞下树枝,扇动着翅膀跟在她身后,嘎嘎叫个不停。这会儿,农场里的动物把琼斯跟四名工人赶到外面大路上,砰砰地关上五道栅栏门。动物们还没有回过神,暴动就胜利结束了。赶走了琼斯,庄园农场从此归他们了。

一时之间,动物们几乎不敢相信突降的好运。他们的第一反应就是绕着农场边界集体巡走了一圈,确定人类没有潜伏在什么地方。接着,大家飞奔回到农场里各自的棚圈中,彻底清除万恶的琼斯政权遗留下来的痕迹。大伙儿撞开马厩尽头的马具房,把里面的马嚼子、鼻环、拴狗链,以及琼斯阉猪、阉羊用的血腥阉割刀,统统丢到水井里。缰绳、马笼头、马眼罩,和令动物倍感屈辱的马粮袋,全部被当作垃圾,丢进院子里熊熊燃起的火堆里烧掉。鞭子也被烧了。看着皮鞭化成火焰,动物们个个欢呼雀跃。斯诺鲍尔把集市日装饰马鬃、马尾巴的飘带也投进了大火。

他说:"飘带可视同服装,是人类的标志。动物就应该寸丝不挂。"

波克赛听了这话,赶紧跑回去取来他夏天戴着防苍蝇飞入耳孔的小草帽,跟其他东西一起丢进大火。

不一会儿工夫,凡是能让动物们想起琼斯的物件,全都被销毁。拿破仑带领大家回到饲料棚,给每个动物发了双份谷物,每条狗外加两块饼干。分发完毕,动物们齐唱《英格兰牲畜之歌》,从头到尾连唱七遍,才各自回去睡觉。这一觉睡得格外香甜。

第二天早上,动物们像往常一样醒来,猛然意识到前一天创下的辉煌伟业,不约而同地跑向草场。草场过去不远有个小山丘,从上面能够看到几乎整个农场。动物们冲上山丘,在清冽的晨光中,四处眺望。千真万确,农场归他们了——目力所及的一切全都属于他们!动物们大喜过望,一圈圈撒着欢儿,兴奋地向半空中跳着。他们在沾着露水的草地上打滚,尽情啃吃着甘甜的夏草,刨起黑土块,嗅着泥土的芬芳。接着,他们集体绕农场巡视了一圈,望着耕地、种秣草地、果园、池塘、灌木林,惊羡地说不出话来。他们像是头一次见到这些东西似的,仍不敢相信这一切竟然都归自己所有。

之后,动物们列队回到农场住宅区,在房舍前默默停住脚。房舍现在也归他们了,可大家不敢进去。过了一会儿,斯诺鲍尔和拿破仑用肩膀把门顶开,动物们排成单列小心翼翼地走进去,生怕惊扰了什么。大家踮着脚尖,挨个儿屋子张望,交头接耳,不敢高声说话。大家吃惊地望着铺着羽绒软垫的大床、穿衣镜、马毛沙发、布鲁塞尔地毯，和客厅壁炉架上方挂着的维多利亚女王石版画像，奢华程度简直令他们难以置信。正准备下楼时，大家发现莫丽不见了，返回去寻找，却发现她仍然滞留在那间最好的卧室里，拿着琼斯太太梳妆台上的蓝飘带，对着镜子在肩上比画，蠢相十足。大家严厉地批评过莫丽，一起走到外面。厨房里挂着的几根火腿被丢出去埋了，洗涤间的啤酒桶被波克赛一蹄子踹了个大坑。除此之外，房子里的一切东西都保持原样不动。大家当场达成一致意见，决定把房舍当作博物馆保存起来，任何动物都不准住进房舍。

动物们吃过早饭，斯诺鲍尔和拿破仑再次把大家召集起来。

"同志们，"斯诺鲍尔宣布，"现在是早上六点半，咱们有一整天的时间。从今天起，开始收割秣草。但有一件事情必须先解决。"

几只猪宣布说，他们从垃圾堆里捡来琼斯家孩子用过的旧拼写本，花了三个月时间自学读书、写字。拿破仑派人取来几罐黑色和白色的颜料，带领大家来到通往大路的五道栅栏门。斯诺鲍尔

(他的字写得最好)用两根蹄趾夹住一把刷子,把最高一道木栏上面写着的"庄园农场"涂掉,刷写上"动物农场"字样。从今天开始,农场正式更名。之后,大家回到圈栏区,斯诺鲍尔和拿破仑下令搬来梯子,搭靠在大仓棚尽头的山墙上。他们向大家解释说,经过三个月的学习,几只猪已把动物主义的原理成功浓缩为七条戒律。他们要把戒律刷写在山墙上,作为农场所有动物必须恪守的律法,任谁不得篡改。斯诺鲍尔费了好大的劲(猪想要在梯子上站稳可不是件容易的事情)才爬上梯子,开始刷写戒律,斯奎勒站在低几个台阶的梯子上给他举着颜料罐。七条戒律用白颜料、大号字刷写在焦油山墙上,三十码之外都能看得一清二楚。戒律条文如下:

七　戒

一、凡两条腿走路者均为敌人。

二、凡四条腿走路或长翅膀者均为朋友。

三、任何动物不得穿衣服。

四、任何动物不得睡床铺。

五、任何动物不得饮酒。

六、任何动物不得杀害其他动物。

七、所有动物一律平等。

字写得很整齐，除了"朋友"写成"朋有"，外加一处笔画错误，其他地方都准确无误。斯诺鲍尔为其他动物高声诵读了一遍。大家连连点头称赞。那些聪明一点的，立刻开始背诵七戒。

"同志们，"斯诺鲍尔把刷子一甩，高声叫道，"向秣草地出发！大家要用实际行动证明，我们收割的速度比琼斯和他手下工人快得多。"

三头奶牛一直躁动不安，这时高声哞叫起来。原来，她们已经二十四小时没有挤奶，乳房都快要胀爆了。几头猪思考片刻，便叫动物取来奶桶，相当娴熟地挤起奶来，猪蹄很适合干挤奶的活。很快就挤满了五大桶泛着泡沫的新鲜牛奶，众多动物饶有兴趣地看着。

"这些牛奶做什么用？"有的动物问。

"琼斯有时在给我们吃的麦麸中拌一些。"一只母鸡说道。

"同志们，别管牛奶了！"拿破仑站到牛奶桶前，大声发话，"牛奶会处理好的。当务之急是收割。斯诺鲍尔同志给大家带路，我稍后赶到。同志们，出发！秣草正等着咱们呢。"

于是,动物们排好队向秣草地进发,开始收割。晚上收工回来时,大家发现牛奶已经不在原处了。

第 三 章

　　动物们付出了艰辛和汗水,终于完成了秣草的收割!但是,所有的努力都得到了巨大回报——秣草收获之丰饶程度,远远超出了他们的预期。

　　收割过程中,一度非常艰难。所有的收割工具都是为人类设计的,并没有考虑到动物,而最大的问题在于动物无法后腿直立使用这些农具。但是,农场上的猪很聪明,总能想到办法克服困难,而农场上的马熟悉这里的每一寸田地,割草、耙地比琼斯和工人们更在行。事实上,猪并不干活,他们负责指挥和监督其他动物。他们学识超群,自然担负起领导职责。波克赛和克罗弗自觉自愿地套上切割机和拉耙（当然，现在已用不着马嚼子和缰绳），绕着田里一圈一圈稳稳当当地干起了活。一头猪跟在他们俩身后，不时喊上一嗓子，"驾！驾！同志！"或"吁！吁！同志！"所有的牲畜，连最小不点儿的动物，都参加了翻晒和堆收秣草的工作。母鸡和鸭子整日顶着太阳奔前奔后，啄运一撮撮秣草。最后，动物们完成全部收割工作，比以往琼斯和工人用的时间还节省了两天。此外，收成之丰当真是农场上头一回。没有一丝一毫浪费，母鸡跟鸭子眼力尖，把草秆捡得一根也不剩。农场上任谁都没有偷吃一口。

整个夏天，农场里的工作像时钟一样有条不紊。动物们从没料到居然可以过上这样的生活，个个兴高采烈。每一口食物都让他们感受到真切、实在的快乐——那些食物真真正正属于他们——自己生产，自己食用，不是靠吝啬的主人施舍得来。赶走好逸恶劳的人类，给大家节省下不少粮食。动物们有了更多的闲暇时间，不过大家暂时还不适应这一点。他们也遇到了很多困难——比如，农场里没有脱粒机，秋收时节，动物们只能用古老的踩踏方式脱粒，然后用嘴吹走脱下来的谷壳。然而,猪的智慧和波克赛的膂力,总能帮助大伙儿顺利渡过难关。波克赛是农场动物的楷模。他在琼斯时代就任劳任怨,眼下更是干劲十足,三匹普通马在一起也抵不过他一个。有时候,似乎农场里全部活计都落在他身上。从早到晚,他不是推就是拉,哪里活最累,哪里就有他的身影。他私下跟一只小公鸡约定,每天比其他动物提早半个小时叫醒他,这样他就能够在常规劳动开始前,抢先把当天最急需处理的活干了。他对所有问题和困难的答案只有一个——"我要更加努力!"——这句话俨然成了他的座右铭。

动物们各尽所能。以母鸡和鸭子为例,靠他们捡拾谷穗就增加了五蒲式耳①收成。没有哪个动物偷窃,也没有哪个动物抱怨口粮不足,过去农场里习见的争吵、互咬互掐和猜忌基本绝迹。没有(几乎没有)哪个动物偷懒。当然,莫丽早上起不来,不能按时出工,下午也会借口蹄趾缝塞了小石子提前早退。猫的举止也有些异常。大家很快

---

① 蒲式耳(bushel),是一个计量单位。它是一种定量容器,好像我国旧时的斗、升等计量容器。1蒲式耳在英国等于8加仑,相当于36.37升(公制)。

发现，一到干活的时候，猫就没了踪影。一失踪就是好几个小时，到了吃饭的钟点，或晚上收工时，她就会若无其事地回来。猫的借口总是很完美，而且她总是喵喵地叫得非常热乎，谁也不好意思怀疑她动机不良。驴子老本杰明，暴动前后没有丝毫变化。他仍跟在琼斯时代一样，干活慢条斯理，一成不变，既不偷懒，也不主动多干。对于暴动和暴动结果，他只字不提。要是有谁问他是不是因为琼斯走了不开心，他听了只会说："驴子寿命长。你们谁也没见过死驴。"大家听过这句高深莫测的回答，只好作罢。

动物们星期天不用干活。早餐比平时晚一小时，早餐后会举行每周例行的仪式。仪式第一项是升旗。斯诺鲍尔从马具房找来琼斯太太的一块绿色旧桌布，用白颜料在上面画了一只蹄子、一只犄角，每个星期天上午这面旗子就从农场花园的旗杆上升起。斯诺鲍尔解释说，绿色代表英格兰的原野，蹄子和犄角则象征将来人类被彻底推翻后建成的动物共和国。升旗仪式结束后，动物们列队进入大仓棚出席全员大会。会上制订未来一周的工作计划，提出各种议案并就相关议案展开讨论。提议案的总是那几头猪，其他动物知道如何投票，却从来想不出什么提案。斯诺鲍尔和拿破仑在这些讨论中总是最活跃。但大家也发现他们俩永远意见相左：不管其中一位提出什么建议，另一位笃定要反对。即便在大家一致表决，同意把果园后面的小牧场建成老年动物之家（这个提议没有谁会反对）之后，不同动物退休年龄的规定问题也能在斯诺鲍尔和拿破仑之间激起一番唇枪舌剑。全员大会通常以《英格兰牲畜之歌》做结束。星期天下午是自由娱乐时间。

几头猪把马具间用做了总管理处。他们从琼斯住宅取来一些书，每天晚上都在这里研习打铁、木工和其他必需技能。斯诺鲍尔忙于将其他动物网罗进各种所谓的"动物委员会"，乐此不疲。除了教授动物阅读、写作课程，他还为母鸡成立"产蛋委员会"，为奶牛开创"尾巴清洁联盟"，创建"野生同志再教育委员会"（旨在驯养老鼠和野兔），为绵羊发起"毛皮增白运动"，凡此种种，不一而足。这些计划总体而言都失败了。比如，旨在驯服野生动物的计划甫一开始就流产了。老鼠和野兔禀性难改，对他们稍有宽容，就开始肆无忌惮。猫参加了"再教育委员会",刚开始几天非常起劲。后来,有动物看到她坐在屋顶跟几只麻雀(他们都在猫抓不着的地方)聊天。猫告诉麻雀,现在所有动物都是同志,只要愿意,随便哪只麻雀都可以落到她爪子上休息。可是没有一只麻雀会靠近她。

与各种委员会的境遇相反,阅读、写作培训班大获成功。到了秋天,农场上几乎每个动物都能识字,程度各不相同。

几头猪的阅读和写作水平已经无可挑剔。狗的阅读能力相当棒,但他们除了《七戒》,对其他任何东西都不感兴趣。白山羊缪丽尔的阅读能力比狗还要强,经常会在晚上把垃圾堆里捡来的碎报纸片上的内容读给其他动物听。本杰明的阅读能力不逊于猪,却从不读任何东西。他说,他觉得没什么东西值得读。克罗弗记住了二十六个字母,却不会拼单词。波克赛只能记住前四个字母。他会用大蹄子在地上画出"A、B、C、D"四个字母,然后久久地盯着这几个字母,耳朵垂直竖立,不时抖动一下额毛,绞尽脑汁却怎么也想不起下一个字母是什么。事实上,有好几次,他都学会了"E、

F、G、H”这几个字母，可一旦记住了这几个字母，却又把"A、B、C、D"给忘了。最后，他决定记住"A、B、C、D"四个字母就满足了，每天都练习一两遍来巩固。莫丽只记自己名字里的那几个字母。她用几根小树枝把名字整整齐齐摆出来，在旁边装点一两朵花，自我陶醉地看来看去。

农场上的其他动物除了"A"，别的字母一个也记不住。大家还发现，那些蠢笨一点的动物，比如绵羊、母鸡和鸭子，不会背诵《七戒》。一番思考之后，斯诺鲍尔声称《七戒》实际上可以凝练为一句话，那就是："四条腿好，两条腿坏。"他说，这句话蕴含了动物主义的基本原理。谁彻底领会了这句话，谁就能够确保不受人类影响。一开始，禽类提出反对，因为他们看上去只有两条腿，可斯诺鲍尔向他们证明事实并非如此。

"同志们，禽类的翅膀，"他说，"起助推作用，不是操作性器官，因此应当视作等同于腿。人与动物的区分性标志是手，手是人类作恶的工具。"

鸡、鸭、鹅虽然听不懂斯诺鲍尔的鸿篇巨论，但接受了他的说法。所有那些憨呆的动物都开始用心记诵这条新格言。"四条腿好，两条腿坏。"

这句话被用更大字号刷写到仓棚山墙《七戒》的上方。农场里的绵羊记住这条格言后,简直走火入魔,一躺到田里,就咩咩哼唱"四条腿好,两条腿坏! 四条腿好,两条腿坏!"一唱几个小时,简直不知疲倦。

拿破仑对斯诺鲍尔的那些委员会丝毫不感兴趣。他说,比起为成年动物做种种筹划,对幼小动物的教育更重要。秣草收割后不久,杰西和布鲁贝尔共生下九只壮实的小狗崽。狗崽刚断奶,就被拿破仑带走了,他说要亲自负责这些小狗崽的教育。他把九只狗崽带到一间只能经由马具间爬梯子上去的阁楼里,完全与外界隔绝。因此,农场里的其他动物很快就忘记了这些狗崽的存在。

牛奶的下落很快真相大白——都被拌进猪每天吃的麦麸里。早苹果已经成熟,有不少被风吹落到果园的草地上。动物们想当然地认为这些苹果会被拿来平均分配。然而,有一天,他们接到命令,要求大家把掉落在地上的所有苹果捡拾起来送到马具间,供猪食用。一些动物对这个要求颇有微词,不过没什么用。所有的猪在这件事情上意见完全一致,斯诺鲍尔和拿破仑罕见地没有出现分歧。斯奎勒被指派去跟其他动物解释。

"同志们!"斯奎勒尖起嗓子叫道,"我想,你们大家不会认为我们猪这么做是出于自私和特权吧?其实,我们很多猪都不喜欢牛奶和苹果。我自己就不喜欢。我们食用这些东西,唯一的目的就是确保身体健康。牛奶和苹果含有维持猪身体健康的必需物质(同志们,这一点早有科学证明)。猪是脑力劳动者。整个农场都要靠我们组织管理。我们日日夜夜都要为大家的福利操劳。正是为大家着想,我们才喝牛奶、吃苹果!要是我们猪没能履行好责任,你们知道会出什么事情吗?琼斯会杀回来!肯定会这样,同志们!"斯奎勒踱来踱去,摇晃着尾巴,言辞恳切地问,"你们肯定谁也不想看到琼斯回来吧?"

若是有一件事情动物们完全确定,那一定就是不让琼斯回来!因此,一拿这个说事儿,大家谁也没话可说了。保持猪身体健康显然太重要了。因此,大家无须进一步讨论,一致同意牛奶和被风吹落地上的苹果(也包括成熟后采摘的当季苹果)应当归猪专享。

第 四 章

夏天快结束时,动物农场发生的事情传遍了全郡半数以上的地方。斯诺鲍尔和拿破仑每天派出几批鸽子,令他们跟临近农场的动物交往,向那些动物讲述暴动的故事,教他们唱《英格兰牲畜之歌》。

这段时间,琼斯先生大多数时间都消磨在威灵登红狮旅馆酒吧里,逢人就诉说自己遭受的天大不公,诉说自己如何被一群混账的动物赶出家园。其他的农场主虽然总体上同情琼斯的遭遇,却谁也没有想着如何去帮他,反而私下盘算自己是否能从琼斯的霉运中捞点儿好处。所幸的是,与动物农场毗邻的两个农场主素来不和。其中一

个是旧式大农场,叫狐狸林,由于疏于打理,林木
丛生,牧场芜杂,树篱东倒西歪。主人皮尔金顿先
生是位乡绅式人物,非常懒散,一年中大部分时间
不是钓鱼就是狩猎。另一家农场规模小一些,打
理得比较好,叫平齐菲尔德。主人弗里德里克先
生,做派强硬、为人精明,一年四季跟人闹官司,锱
铢必较,人尽皆知。两家农场主彼此嫌恶,即使为
了共同利益,也很难达成一致意见。

不过,皮尔金顿和弗里德里克都被动物农场
的暴动吓得不轻,也都想方设法阻止自己农场上
的动物了解太多。起先,他们摆出一副不以为然
的样子,对动物自行管理农场的说法不屑一顾。
他们说,这事用不了半个月就会过去。他们到处
散播,说庄园农场(他们不能容忍"动物农场"这
个名字,坚持称之为"庄园农场")的动物正陷入
无休无止的相互残杀,很快就会全部饿死。时间
一天天过去了,看到动物们显然没有死于饥饿,弗
里德里克和皮尔金顿于是又换了一套论调,说动
物农场眼下肆虐着种种暴行,说那里的动物相互
残食,用烧红的马蹄铁互施暴虐,互占雌性配偶。
弗里德里克和皮尔金顿还说,这些都是违背自然

律法闹暴动的恶果。

然而,谁也不会完全相信他们的这套说辞。关于动物赶跑人类,自行管理事务,建成美好农场的说法,虽然语焉不详、变形走样,却不胫而走。整个乡下地区,一整年都涌动着暴动的暗流。一向温顺的公牛突然变得桀骜不驯,羊群撞倒篱笆偷吃苜蓿草,奶牛踢翻挤奶桶,猎狐马在跨越围栏前猛然止步,把猎人从背上甩到围栏对面。更有甚者,《英格兰牲畜之歌》的曲词广为传唱。传唱速度极为惊人。人类听到这首歌,虽然佯装对歌词嗤之以鼻,心里却个个气愤不已。他们说,简直无法理解动物怎么会唱出如此卑劣不堪的歌曲。他们说,任何哼唱这首歌的动物,一经发现都该吃顿鞭子。然而,歌曲仍以不可遏止之势传唱开来。黑鹂在矮树丛中尖声歌唱,鸽子在榆树枝上咕咕鸣唱,就连铁匠铺的叮当声和教堂的钟声也透着《英格兰牲畜之歌》的韵律。人类只要听到这歌声就会暗自心惊,宛若听到末日预言一般。

十月初,谷物收割与码垛已经结束,脱粒工作尚未完成,一群鸽子疾飞而来,落在动物农场院中,情绪极度激动。琼斯和几名工人,带领着狐狸林农场、平齐菲尔德农场的五、六个人,闯入五道栅栏门,正沿着通往农场的马车道奔来。琼斯拿着一杆枪,领头走在前面,其他人个个手操棍棒。显然,他们打算要夺回农场。

动物们对此早有预料,做好了充分准备。斯诺鲍尔研究过在琼斯屋里找到的有关尤利乌斯·恺撒历次战役的旧书,负责保卫战的指挥工作。他迅即下达战斗命令,不消几分钟,所有的动物全部就位。

当进攻的人群靠近圈栏时,斯诺鲍尔发起第一轮攻击。全体鸽子(共三十五只)盘旋低回,从半空中对着这伙人的头顶抛拉粪便。趁着人群忙于应付鸽子,一群鹅从藏身的树篱后冲出来,狠狠啄咬这伙人的腿肚子。然而,这还只是一场小小的接触战,主要目的在于制造混乱。进攻的那群人没费太大力气就用棍棒把鹅群驱散了。这时,斯诺鲍尔发起第二轮攻击。他亲自率领山羊缪丽尔、驴子本杰明和一群绵羊,从各个方向发起进攻,对着人群又顶又撞。本杰明迅速转身,尥起蹶子一通猛踢。人类的棍棒和钉靴最终还是占了上风。突然,斯诺鲍尔发出长而尖厉的叫声,听到这个撤退信号,所有的动物迅速扭头,逃入大门退守院内。

人群爆发出胜利的欢呼声。他们看见动物们仓皇逃窜,信以为真,跟在后面一顿乱追。此举正中斯诺鲍尔的圈套。待人群全部进入院子,预先埋伏在牛棚里的三匹马、三头奶牛和另外几头猪,突然从后面包抄,切断人群的退路。斯诺鲍尔发出进攻信号。他亲自对付琼斯,猛扑过去。情急之下,琼斯慌忙举枪射击。子弹在斯诺鲍尔背上擦出几道血印,射中了一只绵羊。斯诺鲍尔甩动两百多磅的身躯撞向琼斯双腿。琼斯猛地跌入一堆粪便,手里的枪也飞甩出去。最令人惊心魂魄的场面要属波克赛,他后腿直立,像种马一般挥舞起两只大铁掌。第一掌就击中狐狸林农场马倌的脑袋,后者顿时毙命倒地。见此情景,好几个伙计丢下棍棒企图逃跑。伙计们惊慌失措,却又惨遭动物们的集体围追堵截,绕着院子胡乱逃窜,频遭踢撞、啃咬和踩踏。动物们各使绝招,狠狠报复。猫从屋顶俯冲向牧牛工肩头,爪子狠狠掐进对方脖子里,牧牛工发出厉声号叫。看到出口暂时没有防守,琼斯等人大喜过望,一眨眼工夫就冲出院子奔上大路。进攻不到五分钟就很极不体面地宣告失败,进攻人群沿着原路撤逃。一群鹅紧紧追在后面,一路啃啄他们的腿肚子。

除一人外,来犯者悉数逃跑。马倌脸朝下趴在泥土中,波克赛试图用蹄子把他的身体翻过来。那个男孩纹丝不动。

"他死了,"波克赛难过地说,"我不是故意的。我忘记自己的蹄子上砸了铁掌。谁会相信我不是故意想踢死他的?"

"同志,没必要多愁善感!"斯诺鲍尔嚷道,他背上的伤口不停向下滴血,"战争就是战争。只有死人才不作恶。"

"我并不想伤害性命,哪怕是人的性命。"波克赛不停念叨着,眼中噙满泪水。

"莫丽哪里去了?"有动物惊呼。

莫丽真的不见了。大家着实惊慌起来,有的担心那伙人可能伤了她,甚或把她劫持走了。然而,当大家终于找到莫丽时,发现她躲在自己的厩里,脑袋死死埋在马槽干草里。原来,枪声一响,她就吓得躲起来。找到莫丽,大家在返回途中,发现马倌早已苏醒溜掉了,看来他刚才只是被踢晕了。

动物们聚拢起来,激动地七嘴八舌,争相扯着嗓子炫耀自己在战斗中的勋绩。大家一时兴起,决定组织庆功大会。场旗升起来,《英格兰牲畜之歌》唱起来,动物们随后为死去的绵羊举行了隆重的葬礼,在她坟前种下一棵山楂树。斯诺鲍尔在坟前简短致辞,强调说如果需要,所有的动物都应当准备好随时为农场捐献生命。

动物们一致决定创设军功章,"动物英雄一等功"勋章被当场颁发给斯诺鲍尔和波克赛。勋章由马具间找到的几个黄铜马饰制成,每逢星期天和节假日佩戴。"动物英雄二等功"勋章追授给死去的绵羊。

为了给这次战斗起个名字,动物们争持不下。因为战斗是在牛棚打响的,最后决定命名为"牛棚之战"。大家在泥土里找到琼斯的猎枪,据说农场老宅中还囤有不少子弹。大家决定把枪摆放在旗杆下方,用作礼炮,每年鸣放两次——一次在十月十二日(纪念"牛棚之战"),另一次在施洗约翰节(纪念暴动)。

第 五 章

冬天即将来临,莫丽越来越让大家伤脑筋。她每天早上干活迟到,而睡过头成了她的一贯说辞。她哼哼唧唧,说浑身不明疼痛,而胃口偏生好得出奇。她找各种由头躲避劳动,跑到饮水塘边,满脸蠢相地望着塘中的倒影。这时一些可怕的谣言开始流传。一天,莫丽嘴里嚼着干草,甩着长尾巴,快活地走进院子,克罗弗把她拽到一旁。

"莫丽,"克罗弗说,"我有非常重要的话想要问你。今天早上,我看见你站在动物农场与狐狸林农场交界的地方,向树篱对面张望。树篱对面站着皮尔金顿先生的一个伙计。虽然说我离得很远,但我几乎可以肯定看见他在跟你说话,而你居然还让他摸你的鼻子。莫丽,这事儿你怎么解释?"

"他没有!我没有!不是真的!"莫丽失声辩解,又跺蹄子又尥土。

"莫丽!看着我,你敢发誓说那人不是在摸你的鼻子吗?"

"不是真的!"莫丽仍然坚持,可她不敢看克罗弗的脸。话音一落,她撒开蹄子奔向远处的田野。

克罗弗突然想到一个主意。她跟谁也没说,独自去了莫丽的厩栏,用蹄子刨开草秸。下面赫然藏着一小堆方糖和几束各种颜色的飘带。

三天后,莫丽失踪了。一连几个星期,谁也不知道她的下落。后来,鸽子报信说,他们在威灵登镇的另一头看见莫丽了。莫丽驾着一辆精美的轻便双轮车,车身涂着红黑两色油漆。车子停在一家小酒馆门口。一个胖胖的红脸男人正抚摩着莫丽的鼻子,喂她吃方糖。那人穿着格子马裤,套着长筒靴,看样子是酒馆老板。莫丽的毛刚被剪理过,额发上系了一根大红飘带。鸽子说,莫丽一副非常受用的样子。从那以后,动物们再也没有提起过莫丽。

一月,天气格外寒冷。土冻得像铁板一样硬,田里什么活也干不了了。农场里的动物在大仓棚召开多次会议,猪忙着安排春季工作。大家已然接受这一事实:猪宣称比其他动物更聪明,关乎农场政策的事务因此全都由猪来决定。当然,这些决定必须经过动物们的多数票赞成才能付诸实施。如果斯诺鲍尔跟拿破仑之间没有分歧,这样的安排应当非常奏效。可是他们俩逢事必起纷争。要是一个提议多种大麦,另一个肯定会要求多种燕麦,要是一个说某块地只适宜种卷心菜,另一个肯定会宣称那块地除了根茎蔬菜,其他种什么都是白瞎。他们俩各有一批追随者,二者之间的分歧因此常常升级成为两派之间的剧烈争论。斯诺鲍尔口才卓然,常在大会上赢得多数支持者,但拿破仑会后游说、争取支持的本领,更胜一筹。绵羊尤其吃拿破仑这一套。最近,绵羊不分场合、不分时间,一直哼唱着"四条腿好,两条腿坏",经常造成大会被迫中断。大家发现,每到斯诺鲍尔演讲的关键时刻,绵羊准会高声嚷嚷"四条腿好,两条腿坏"。斯诺鲍尔认真研究了从农场屋舍里找到的几本过期《农场管理与牲畜饲养》杂志,满脑子都是创新与改革的宏愿。他非常专业地谈论农田排水、青贮饲料、碱性炉砟等问题。他提出一套周详的方案,让动物们每天到几个固定的地方排泄,直接将粪便排到田里,以节省运输劳动力。拿破仑从不制定什么具体方案,却不痛不痒地说斯诺鲍尔的计划肯定会落空。他似乎一直在等待时机出手。在他跟斯诺鲍尔的所有分歧中,关于风车问题的争论最为激烈。

农场圈栏不远处的那块狭长草场上的小山丘,是整个农场的制高点。经过一番实地勘测,斯诺鲍尔断定那里是建造风车的最佳地点,风车建成后可以带动发电机,提供农场所需要的电力。电力不仅能解决圈舍照明和冬季采暖问题,还能够带动圆锯、碎草机、甜菜切割机和挤奶机。动物们听也没听说过这些设备(他们的旧式农场只有一些最原始的机械)。斯诺鲍尔给大伙儿描绘了一幅生活美景:神奇的机器将替代动物干活,动物可以在田间悠闲地吃草,或是读书、聊天以裨益心智。大家听着惊奇不已。

斯诺鲍尔用了几个星期的时间,拿出了完备

的风车设计方案。机械方面的具体细节主要来自琼斯先生的三本书——《自建屋舍一千招》《泥瓦工无师自通》和《电学入门》。斯诺鲍尔把从前的孵化棚用作书房,那里光滑的木地板很适合在上面绘图。他经常一关起来就是好几个钟头。他把书并排打开,用石头压上,蹄趾间夹住粉笔,快速地走来走去,画出一根根线条,嘴里兴奋地哼哼着。地板上渐渐呈现出一个由各种曲轴和齿轮连接而成的复杂设计图稿,占了地板的一大半面积。其他动物虽然完全看不懂,却个个觉得异常震撼。大伙儿每天至少来一次,看斯诺鲍尔绘图。母鸡和鸭子也来了,他们走起路来小心翼翼,生怕踩坏地上的粉笔画痕。只有拿破仑一副置身事外的样子。他一开始就声称反对修建风车。然而,有一天,他竟然破天荒跑去察看风车方案。拿破仑绕着工棚慢慢转了几圈,仔细检查图纸的每一个细节,不时凑上前闻闻,接着停下来站住,也斜着眼睛打量。突然,他扬起后蹄,在图稿上撒泡尿就走,整个过程一句话也没说。

在风车问题上,农场内部分成截然对立的两派。斯诺鲍尔并不否认,修建风车将会面临诸多困难:开采矿石、垒砌成墙、制作风车叶片,还有发电机和电缆(斯诺鲍尔没说怎么去弄到这些东西)。但他坚持认为,一年内准能完工。他还宣称,风车竣工后将能够节省大量劳力,动物们每周只需要劳动三天。然而,拿破仑却反驳说,眼下的当务之急是提高粮食产量,要是大家把时间浪费在建造风车上,准会集体饿死。动物们自动分成两大阵营,一派的口号是:"支持斯诺鲍尔,支持三天工作制!"另一派的口号是:"支持拿破仑,支持顿顿有饱食!"只有本杰明没有卷入任何一派。他既不相信粮食会增产,也不相信风车能节省劳力。他说,有没有风车,生活都是一样悲惨。

除了风车争端,动物们在农场防御问题上的看法也不一致。大家非常清楚,虽然人类在"牛棚之战"中彻底溃败,但随时可能发起更猛烈的进攻,重新夺回农场,交到琼斯先生手里。人类被动物打败的消息在全郡沸沸扬扬传开后,周围农场的动物变得异常不服管束,再度交战势在难免。果然,斯诺鲍尔和拿破仑在这个问题上互不相让。拿破仑认为,动物首先要弄到枪械,进行操练。斯诺鲍尔却认为,他们应当指派更多的鸽子到其他农场煽动暴动情绪。一个坚持认为，如果不学会防卫，一定会被敌人征服；另一个一口咬定，要是到处都发生暴动，就不再需要自我防卫。动物们听听拿破仑的，又听听斯诺鲍尔的，拿不定主意到底谁说的正确。事实上，无论哪一方发言，他们听着都觉得在理。

斯诺鲍尔终于完成风车设计方案。接下来的星期天例会上要投票表决是否开始风车工程。所有的动物到齐后，斯诺鲍尔站起来陈述修建风车的若干理由，其间数度被绵羊的叫嚷声打断。接着，拿破仑起身回应，轻描淡写地说，修建风车纯属无稽之谈，建议大家不要投票。拿破仑说完旋即坐下，讲话时间不超过三十秒，似乎毫不在意发言效果。斯诺鲍尔立刻站起来，喝止开始叫嚷的绵羊，慷慨陈词，力主修建风车。两派支持者数量原本相当，斯诺鲍尔的雄辩一下子为他赢取了更多支持。他措辞铿锵，为大家描绘了免除劳役之苦后的光明图景。他对未来的想象已经远不止于碎草机和萝卜切片机。他说，电不仅可以驱动脱粒机、犁、耙、滚压机、收割机和打捆机，还能够为每个棚圈提供照明、冷热水和电力供暖。他演讲结束的时候,投票结果不得而知。拿破仑突然站起身,意味深长地乜斜了斯诺鲍尔一眼,发出谁都没听过的高声嗥叫。

仓棚外应声响起一阵可怕的狂嚎,九条戴着镶铜颈链的恶狗蹿进来,朝斯诺鲍尔猛扑过去。斯诺鲍尔飞速跳起身,侥幸逃脱恶狗的尖牙利齿,转眼冲出门外。恶狗穷追不舍。动物们惊骇得说不出话,挤到门边屏气观望。斯诺鲍尔奋力跑过与大路相连的狭长牧场,拼尽全身气力,死命奔逃,眼看就要被恶狗追上。突然,斯诺鲍尔滑了一跤,看样子肯定逃不脱了。出人意料的是,他迅速站起身,跑得比刚才更快,接着,狗群再次逼近。其中一条狗几乎咬到斯诺鲍尔的尾巴,被他及时甩脱。眼看又要被恶狗追上,斯诺鲍尔一个猛刺,从树篱上的小洞脱险逃走,从此不见踪影。

动物们吓得筛糠一般回到大仓棚,谁也不敢出声。顷刻,九条狗蹿回大仓棚。起先,谁也想不出这些狗是从什么地方来的,后来恍然大悟:他们就是拿破仑从母狗那里拿走,私自豢养长大的小狗崽。这些狗尽管还未完全成年,却体形巨大,凶残如狼。他们紧紧簇拥在拿破仑身旁。大家发现,狗对拿破仑摇尾讨好的样子,跟从前其他狗对琼斯先生的态度别无二致。

拿破仑在群狗的拥护下,登上老少校曾经发表演讲的高台。他宣布从此取消星期天上午的例会,说这些会纯属浪费时间,完全没必要召开。他还宣布,将来所有关涉农场工作的问题都交给猪组成的专门委员会裁决,该委员会由他本人直接领导。猪委员们将私下召开会议,会后将决议传达给其他动物。每周星期天上午,动物们仍然要集中起来,向场旗致敬,唱《英格兰牲畜之歌》,领取下一周的工作任务,以后任何决策都不再需要讨论。

尽管驱逐斯诺鲍尔令动物们个个心下骇然,但他们听到这个决定后仍然表示出强烈的不满。好几个动物都想抗议,却找不到合适的申辩词。就连波克赛都隐隐感到不安。他耳朵紧摁,频频甩动额头的鬃毛,竭力想要整理思路,终于还是什么话也说不出。不过,猪中间倒有几头颇能言会道的。前排的四头小肉猪不满地叫起来,骤然起身,异口同声想要发表意见。蹲坐在拿破仑身旁的几条狗顿时发出骇人的狂叫,四头小猪只好噤声,重又坐下。接着,那群绵羊爆发出巨大的声响,高声嚷嚷"四条腿好,两条腿坏"。叫嚷持续了差不多十五分钟,任何讨论都只能作罢。

之后,斯奎勒被派往农场各处,负责向其他动物解释各项新的安排。

"同志们,"他说,"拿破仑同志给自己额外增加了负担,我相信你们都非常感激他为大家做出的奉献。同志们,不要以为当领导有多快乐!恰恰相反,领导意味着深重的责任。没有谁会像拿破仑同志那样坚信所有的动物一律平等。他也非常乐意让大家自主做决定。可是,同志们,万一你们决定错了,咱们农场何去何从?假设你们刚才决定跟斯诺鲍尔走,追捧他那天花乱坠的风车计划……而斯诺鲍尔,我们大家现在都清楚了,不是个十足的犯罪分子吗?"

"他在'牛棚之战'中作战勇猛。"不知有谁说道。

"光勇猛还不够,"斯奎勒说,"忠诚和顺从更重要。我相信有一天大家会发现,斯诺鲍尔在'牛棚之战'的作用被无端夸大了。同志们,纪律,钢铁纪律!这才是我们如今的口号。只要走

错一步,敌人就会卷土重来。同志们,你们肯定不
想让琼斯回来吧?"

他的话让大家再一次无言以对。动物们当然
不想让琼斯回来,如果星期天上午的讨论会可能
把琼斯招惹回来,那就必须取消。波克赛这时候
终于把脑子里纠缠的问题想明白,说出了大家的
普遍心声:"如果拿破仑同志这么说,那就一定没
错。"后来,他把这句话改成"拿破仑同志永远正
确!"每每说完"我要更加努力!"都不忘记再加上
这一句。

这时,天气回暖,春耕已经开始。斯诺鲍尔绘
制风车草图的工具棚一直关闭着,大家估计地板
上的图稿早已被擦掉。每个星期天上午十点,动
物们在大仓棚集中,领受下一周的工作任务。老
少校的头盖骨腐烂后剩下森森白骨,被从果园地
底下挖出来,放置在旗杆下方的树桩上,跟琼斯的
枪并排放在一起。升旗仪式结束后,动物们排成
一行,恭恭敬敬地从颅骨前走过,进入大仓棚。现
在,大家不再像过去那样混着坐在一起。拿破仑、
斯奎勒和另外一头叫梅尼缪斯的猪(此猪擅长谱
曲、赋诗)坐在高台前排,九条年轻力壮的狗呈半

环形围坐在三头猪身后,剩下几头猪依次坐在后排。其余的动物坐在大仓棚中央,面对着猪和护卫狗。拿破仑宣读未来一周的工作任务,语气严厉,派头十足。动物们唱完一遍《英格兰牲畜之歌》就各自解散。

驱逐斯诺鲍尔后的第三个星期天,动物们听到拿破仑宣布修建风车,多少有些意外。对于为何改变主意,拿破仑不置一词,只是告诫其他动物,这项额外的任务可能非常艰巨,甚至可能需要减少他们的口粮。修建方案的每一个细节都已准备妥当。过去的三个星期,猪委员会一直在精心筹划。建造风车和各种装饰工程大约要花两年时间。

当天晚上,斯奎勒私下向其他动物解释说,拿破仑从来没有真正反对过风车计划。相反,最早倡议修建风车的正是他。斯诺鲍尔在孵化棚地板上画的风车方案窃取了拿破仑的图纸。建造风车实际上是拿破仑的创见。这时,有个动物问,拿破仑为什么总是言辞犀利地反对呢?听到这话,斯奎勒满脸狡黠。他说,那正是拿破仑同志的智谋所在。表面上反对风车计划,是为了便于一举除掉斯诺鲍尔这个危险分子及其恶势力。如今,斯诺鲍尔已被清除,风车计划当确保无虞。斯奎勒说,这就是谋略。他一迭声地说了好几遍"谋略,同志,这就是谋略!"一边哈哈大笑,一边摇着尾巴转圈儿。动物们不大清楚"谋略"到底是什么意思,但既然斯奎勒言之凿凿,加之跟他一块来的三条狗在旁边狺吠不已,大家也就不再言语,接受了他的这套说辞。

第 六 章

　　整整一年,动物们像奴隶一般干着苦役。但大家非常清楚,如今所做的一切都是为了自己和子孙后代,而不是为了一小撮偷奸耍滑的人类,因此干起活来心情愉快,毫不惜力,乐于牺牲奉献。

　　春、夏两季,他们每周工作六十小时。八月,拿破仑宣布每个星期天下午也要干活。来不来干活完全自愿,但不出工的动物口粮减半。即便如此,有些工作仍然完不成。农作物收成不如前一年,刚到夏天就该播种根茎蔬菜的两块地,因犁耕延迟,只能暂时荒置。不难预料,转眼到来的冬天一定非常难熬。

　　风车建造过程中出现了很多始料不及的困

难。农场里有个很好的石灰岩矿,动物们在一栋偏远房子里找到了大量的沙子和水泥,建筑施工材料齐备。但动物们首先要解决的困难是把矿石砸成大小合适的石料。砍砸矿石的最佳工具是镐和铁撬棍,可动物后腿不能直立,无法使用这些工具。大家徒劳地尝试了几个星期,才终于想到合适的办法——利用地球引力。采石场到处都是圆形巨石,可惜石块太大不能直接用于建筑。动物们用绳子捆系巨石,所有能抓握绳子的动物——奶牛、马、绵羊等(连猪都可以在关键时刻搭帮一下),大家一起用力,沿着斜坡慢慢把石头拉到坡顶,顺着崖壁向下推滚,把巨石摔成碎块。摔碎之后的石头运输起来就相对容易了。马用货车运,绵羊用单轮滑车运,就连山羊缪丽尔和驴子本杰明都驾起了女眷马车,大家各尽其力。夏天快结束时,石料储备已相当充足。接下来,在几头猪的监督下,风车工程正式破土动工。

修建过程缓慢、艰辛。有时候,大家拼死拼活干一整天才能把一块巨石拖到矿顶,有时候巨石滚落崖壁却没能摔碎。要是没有波克赛,大家什么也干不了,他的力气似乎有全体动物加在一起那么大。动物们拖巨石上坡,时常遭遇巨石后退下滑的情况。大家无助地失声喊叫时,总是波克赛死命拽住绳子来挽救局势。看着他奋力地把巨石一点点拖上斜坡,呼吸急促,蹄尖抠进土里,浑身大汗淋漓,动物们无比崇敬。克罗弗有时告诫他当心身体,不要过于劳累,可波克赛压根不听她的。他的两句口号"我要更加努力!"和"拿破仑永远正确!"似乎是他对一切问题的唯一回答。他跟小公鸡约好,每天早上提前三刻钟叫醒他(过去是提前半个小时)。工余闲暇时(现在也没有什么闲暇),他会独自去采石场,装上一车碎石块,拖到风车工地。

整个夏天,尽管工作繁重,动物们过得还算不错。他们的食物即使不比琼斯时代多,至少也不比那时候少。现在,动物只要养活自己就行了,无须额外供养五个吃喝无度的人类。仅凭这一点,就足以抵消工作上的诸多挫败。在很多方面,动物的工作方法都更高效、更节省劳动力。比如说除草,动物就比人除得更彻底。再比如,动物不偷食,也就不需要用围栏将草场和耕地隔开,因此又节省了维护树篱和看管大门的劳动力。可是,随着夏天进入尾声,各种没有预料到的困难开始冒头。他们需要灯油、钉子、绳子、狗饼干、马蹄铁,可他们的农场并不生产这些东西。再后来,除了各种工具,他们还需要种子和化学肥料,最后还有修建风车要用的机械。谁也想不出该如何弄到这些东西。

一个星期天的上午,动物们例行集合准备领受未来一周的任务,拿破仑宣布实施一项新的政策。今后,动物农场将与邻近农场开展贸易:当然,绝不是为了谋取经济利益,只是为了获得紧缺物资。他说,风车的需要凌驾于一切之上。因此,他已经安排卖出一垛干草和一部分新小麦,以后如果还需要钱,就售卖鸡蛋来补足(鸡蛋在威灵登一直很有市场)。拿破仑说,母鸡们应当乐于做出这样的奉献,应当将此视为她们对风车建设的独特贡献。

动物们再一次感到隐隐约约的不安。绝不跟人类打交道,绝不开展贸易,绝不使用金钱——这些难道不是赶走琼斯后第一次庆功大会上大家一致通过的决议吗?动物们都记得曾经通过了这样的决议:至少他们认为自己记得。四头曾经在拿破仑取消星期天例会时抗议过的小肉猪怯怯地想要发表看法,立刻被凶残的狗吠声吓得不敢吭气。这时,绵羊又跟往常一样开始高嚷"四条腿好,两条腿坏",及时调解了现场的尴尬气氛。最后,拿破仑抬起前蹄示意大家安静,宣布说他已经做好所有安排。任何动物都不必跟人类接触(显然,大家谁也不愿意跟人类接触)。他打算把全部担子扛在自己肩上。温普尔先生(住在威灵登的一位律师)同意担任动物农场与外部世界联系的中间人,每个星期一上午会到农场来接受指示。拿破仑像往常一样,以高呼"动物农场万岁!"结束了自己的发言,动物们唱完《英格兰牲畜之歌》就解散了。

会后,斯奎勒绕农场走了一遭,四处安抚动物们的情绪。他信誓旦旦地告诉大家,从来都没有通过什么禁止贸易和使用金钱的决议,甚至连这样的提案都不曾有过。这些纯粹是大家的臆想,要是追究根源的话,很可能是斯诺鲍尔编派的瞎话。还有一些动物依然隐隐约约感觉可疑,但斯奎勒两眼闪着精光,一迭声地追问:"同志们,你们确定不是自己做梦想出来的?你们有过这些决议的记录吗？在什么地方写着?"确实,哪里也没记录过这类东西。动物们意识到是自己弄错了,也都因此如释重负。

每个星期一上午,温普尔先生如约到访动物农场。此人个头矮小,长相狡诈,蓄着连鬓胡须,虽说律师业务做得不大,却精明过人,一眼就看出动物农场需要一位经纪人,而且代办收入将会非常可观。动物们看着他在农场来来去去,充满恐惧,尽可能躲避着他。然而,看见四条腿的拿破仑对两条腿的温普尔先生发号施令,又让动物们内心充满骄傲,也因此多少接受了这一新举措。他们跟人类的关系跟以往大不相同。人们对动物农场的憎恨并没有因为农场的繁荣发展而改变,事实上,人类比任何时候都憎恨动物农场。每个人都坚信动物农场迟早会破产,风车计划也注定要失败。他们常常聚在小酒馆里,用各种图表证明风车一定会倒塌,即便最终建成,也转动不起来。尽管如此,他们对动物管理农场事务的效率不由得心生敬佩。其中一个表现就是,他们谈到农场,不再曲意称其"庄园农场",而代之以现在的名字"动物农场"。他们也不再需要支持琼斯了,那个老场主已经放弃夺回农场的念头，搬到别的地方居住了。温普尔依然是动物农场与外界的唯一联系，大家时常会听到传言，说拿破仑准备切实启动与狐狸林农场的皮尔金顿先生或平齐菲尔德农场的弗里德里克先生的合作，但大家也注意到，从来没有传言说拿破仑会同时跟两家农场合作。

大约就在这段时间，几头猪突然搬进琼斯以前的宅舍居住。动物们似乎再一次记起他们以前通过禁止动物入住琼斯宅舍的决议，斯奎勒也再一次成功说服大家真相并非如此。他说，猪是农场上的智囊团，他们绝对需要一个安静的地方办公。从猪圈搬到琼斯宅舍，这么做也更符合领袖（他最近提到拿破仑，总是冠以"领袖"称号）的尊贵身份。然而，一些动物听说猪不仅在厨房就餐、在客厅娱乐，而且还在床上睡觉，他们对此感到困惑不已。波克赛凭着那句"拿破仑永远正确"就不再计较这事，但克罗弗认为的确有过不能在床上睡觉的禁令，就跑到大仓棚尽头的山墙上，望着上面写的《七戒》，想要弄个明白。她发现自己只认得出其中的一些笔画，就把山羊缪丽尔叫来。

"缪丽尔，"她说，"你把第四条戒律读给我听听。上面是不是说不许睡床铺？"

缪丽尔费了很大的劲才把字认全。

"上面说，'任何动物不得睡铺了床单的铺。'"她总算把一句话囫囵念完整了。

太奇怪了，克罗弗从不记得第四条戒律上提到过床单，可既然墙上这么写着，那就应该是吧。碰巧，斯奎勒在两三条狗的簇拥下，从山墙边经过，于是就把这件事解释得入情入理。

"同志们，你们是不是听说了，"斯奎勒道，"我们猪睡在琼斯宅舍的床上？为什么不能睡啊？当然，你们不会认为曾经有过不能睡床的禁令吧？床不过是一个睡觉的地方。栏圈里的一堆稻草也完全可以算作床。禁令是关于使用床单的，因为床单是人类的发明。我们已经把床上的床单撤走，只铺盖毛毯。床上只铺盖毛毯也很舒服！但是我可以告诉你们，同志们，相对于我们如今承担的脑力劳动，睡这样的床都还不够舒服。同志们，你们不会想让我们睡不安稳吧？你们不会愿意我们劳累过度，导致无法履行职责吧？当然，你们谁也不会愿意让琼斯回来吧？"

动物们立即向他保证，绝对不愿意让琼斯回

来。于是,再也没有谁去议论猪在床上睡觉这件事了。正因为如此,几天之后,宣布猪每天早上可以比其他动物晚起床一个小时,大家自然也就没什么抱怨了。

秋天,动物们虽然辛苦,却都感觉很幸福。过去的一年,大家着实不容易。售卖掉一部分干草和谷物,冬天的粮草储备所剩无多,但风车弥补了这一切。此时,风车已经建成一半。秋收后好长一段时间,天气晴朗、干燥,动物们干得比往常更卖力。他们一趟趟往返运送石料,想到风车墙体又可以增高一尺,便认为一切付出都是值得的。波克赛甚至经常夜里出去,趁着月色,独自干一两个钟头。工余闲暇时,动物们会绕着建了一半的风车走上一圈又一圈,欣赏着坚固挺拔的墙体,对他们自己能够建出如此雄伟的工程赞叹不已。不过,只有老本杰明对风车依然热情不高。他仍会时不时高深莫测地说上一句"驴子的寿命长"。

十一月来临,西南风整日怒吼。天气湿冷,无法搅拌水泥,风车只能停工。有一天夜里,狂风大作,农场里的圈舍全部摇摇欲坠,大仓棚顶的一部分瓦片被狂风吹落。母鸡们好像同时在梦中听见远处传来一声枪响,受到惊吓醒过来,咯咯叫个不停。早晨,动物们走出圈栏,发现旗杆被大风刮倒,果园边上的一棵榆树像萝卜似的被连根拔起。这个场景还没来得及消化掉,眼前的另一幅恐怖景象让动物们齐齐发出绝望的哀号——风车成为了一片废墟。

大家不约而同地向工地冲去。拿破仑一贯走路慢腾腾,此时冲在队伍最前头。千真万确,大家所有的艰辛化为乌有,风车被夷为平地!他们千辛万苦砍砸、运来的石料四散滚落。一时间,大家惊骇得说不出话来,望着一堆乱石,悲从中来。拿破仑踱过来踱过去,一言不发,不时在地上嗅嗅。他的尾巴变得僵硬,抽筋似的摇来摇去,表明他正在进行紧张的脑力活动。他突然停下来,似乎心意已决。

"同志们,"他不露声色地说,"你们知道这一切的主谋是谁吗?你们知道夜里溜进来推倒风车的敌人是谁吗?斯诺鲍尔!!!"他突然爆发出惊雷似的吼叫,"是斯诺鲍尔干的!这个叛徒,用心极其险恶!为了阻挠我们的计划,雪洗自己被驱逐的耻辱,夜里爬进来,毁了我们近一年的心血。

同志们,现在我宣判斯诺鲍尔死刑。凡缉拿斯诺鲍尔归案者,颁发'动物英雄二等功',嘉奖半蒲式耳苹果。如能活捉归案,再追加半蒲式耳苹果!"

听说斯诺鲍尔是这次事件的元凶,动物们惊得目瞪口呆。现场爆发出一阵愤怒的吼叫声,大家积极开动大脑,想着捉拿斯诺鲍尔的办法。差不多同一时间,离小山丘不远的草地里有动物发现了猪的蹄印。虽然几步开外就看不清楚,但蹄印显然朝着树篱上的一个缺口。拿破仑仔细嗅着蹄印,认定是斯诺鲍尔留下的。他还断言,斯诺鲍尔很可能是从狐狸林农场方向溜进来的。

"同志们,事不宜迟,"拿破仑反复查看蹄印后,高声疾呼,"大家要立刻行动起来!咱们今天上午就动工重建风车,整个冬天都不停工,不管出太阳还是刮风下雨。我们要让这个可耻的叛徒知道,他的阴谋不会如此容易得逞。同志们,记住,我们的计划绝不会改变:风车工程一天也不会耽误!同志们,前进!风车万岁!动物农场万岁!"

第 七 章

　　冬季,天气寒冷异常。风雨交加,冰雪肆虐,直到第二年的二月霜冻才消融。动物们竭尽所能投入风车重建工程,他们心里非常清楚,外界都在盯着他们,如果风车不能按时完工,那些满心嫉妒的人类一定会幸灾乐祸。

　　人类出于报复心理,故意放出风说,他们不相信斯诺鲍尔蓄意摧毁了风车,还说风车倒塌是因为墙体太薄。动物们知道这些话当不得真。不过,他们还是决定把墙体厚度由原来的十八英寸改为三英尺,而这意味着需要采运更多的石料。采石场里长时间堆满积雪,什么也干不了。接下来的一段日子,天气寒冷干燥,工程有了些许进展。但工作环境极为恶劣,动物们干起活来不像以前那样充满希望。大家长期饥寒交迫。只有波克赛和克罗弗没有灰心失望。斯奎勒巧舌如簧,鼓吹服务的快乐和劳动的光荣,但其他动物继续工作的动力仅仅来自波克赛的拔山扛鼎之力,和他每日挂在嘴边的"我要更加努力!"

一月份,农场开始出现粮食短缺。动物的谷物配额大幅度下降,据说会另外给大家发放土豆作为补偿。后来却发现,因为遮盖得不够严实,一堆堆土豆已冻坏大半。过半数的土豆变色、发软,仅有一小部分仍可食用。有一段时间,动物们只能靠谷糠和甜菜勉强度日。饥荒几乎就在眼前。

当务之急是向外界隐瞒这一事实。受到风车倒塌事件的鼓舞,人们开始捏造关于动物农场的种种不实之词。关于动物农场饥饿与疾病肆虐,动物们相互厮杀,靠残食同类和幼畜为继的传言甚嚣尘上。拿破仑非常清楚,农场里粮食短缺的实情一旦传出去将会引发可怕后果,他决定利用温普尔先生散播一些完全相反的信息。迄今为止,温普尔先生每周来农场,鲜少动物跟他有过直接接触。现在,一些被选派出来的动物(多数情况下是绵羊）得到授意,时不时在温普尔先生耳力所及的地方讨论关于口粮份额增多的事情。此外,拿破仑还下令把储藏间的空箱子里装满沙子,在上面薄薄地覆上一层余剩的谷物和食品。遇上合适的时机,他会让动物带着温普尔先生穿过储藏间,顺便瞥一眼食品箱。温普尔先生果然信以为真,不断向外界澄清,说动物农场不存在粮食短缺。

然而,到了一月底,动物们显然必须设法从其他地方弄粮食来。那段日子,拿破仑很少公开露面,整日待在农场老宅里,每一道门边都有恶狗把守。他露面时准是阵仗森严,周围六条狗开道,只要有谁靠近,就狺狺狂吠。最后,拿破仑连星期天上午的集会也不露面了,指派其中一头猪（多半是斯奎勒）出来宣读他的命令。

有一回星期天上午集会,斯奎勒宣布,进入产蛋期的母鸡必须上缴所产鸡蛋。经由中间人温普尔,拿破仑已跟外界达成每周四百枚鸡蛋的交易。用这笔钱购买的谷物和食品,可以支撑到夏天情况好转的时候。

母鸡们听到这一消息,纷纷强烈抗议。虽说

她们早就被告诫要准备好做奉献,可并不相信真有这么一天。她们刚刚备齐一窝蛋,准备春天孵抱,此时纷纷抗议说,现在要她们上缴鸡蛋无异于谋杀。赶走琼斯之后,农场里头一次出现了类似暴动的行为。在三只黑米诺卡小母鸡的带领下,母鸡们决心阻止拿破仑的计划。她们飞到椽子上生蛋,让蛋直接落到地上摔得粉碎。拿破仑迅疾出手,予以无情回击。他下令停止母鸡的口粮供应,还宣布凡为母鸡提供一粒谷物粮食者一律格杀勿论。狗负责执行打击母鸡的系列命令。母鸡们反抗五天后被迫放弃,乖乖回到窝中生蛋。九只母鸡在反抗过程中丧命,尸体被埋在果园里,对外则宣称她们死于球虫病。温普尔先生丝毫不知道此中曲折,鸡蛋如期收缴上来,食品店的小货车每周来农场运一次。

整个这段时间,谁也没有见过斯诺鲍尔。谣传他就藏身在邻近的农场,不是狐狸林就是平齐菲尔德。此时,拿破仑和其他农场主的关系已大为改善。院子里堆了一堆十年前清理山毛榉树丛时留下的木材,眼下正好干燥适用。温普尔建议拿破仑卖掉这批木材,皮尔金顿先生和弗里德里克先生都很想购买。拿破仑在这两个人中间犹疑不决,很难做决定。大家发现,一旦他想要跟弗里德里克达成合作,就会传出斯诺鲍尔藏在狐狸林农场的说法,而一旦他想选择皮尔金顿,又会盛传斯诺鲍尔在平齐菲尔德农场。

一开春,大家突然发现一件恐怖的事情——斯诺鲍尔经常夜间潜入农场!动物们个个惶恐,简直夜不能寐。据说,斯诺鲍尔每天晚上都趁着夜色溜进来,盗取谷物、踢翻奶桶、砸碎鸡蛋、践踏苗地、啃撕果树皮,无恶不作。农场里只要出了什么事,大家都习惯性地归罪于斯诺鲍尔。如果窗户烂了或下水道堵塞了,一定会有谁说斯诺鲍尔夜里来过,是他干的。如果储藏间的钥匙找不到了,整个农场都坚信是被斯诺鲍尔丢进水井了。蹊跷的是,即便后来发现失踪的钥匙不知被谁误放到食品袋底下,大家仍然坚持先前的看法。奶牛异口同声地宣称斯诺鲍尔溜进圈栏,趁她们熟睡时挤走了她们的奶。这年冬天,农场里的老鼠活动猖狂,也被说成是斯诺鲍尔的同党。

拿破仑下令全面彻查斯诺鲍尔的活动。他带着几条狗侍卫,在农场各处仔细巡查,其他动物无比恭敬地远远跟在后头。每走几步，拿破仑就会停下来嗅嗅地上是否有斯诺鲍尔的蹄印，说只要凭借气味他就可以判定。大仓棚、牛棚、鸡窝、菜园，拿破仑不放过任何一个角落，而几乎每一处他都能够发现斯诺鲍尔的蹄印。他把鼻子拱进地里，深深吸上几口气，用骇人的声音嚷道："斯诺鲍尔！他来过这里！我一下就能闻出他的味道！"一听到"斯诺鲍尔"几个字，所有的狗就开始龇牙，发出瘆人的吠叫声。

动物们无不胆战心惊。在他们看来，斯诺鲍尔就像一股无形的恶势力，弥漫在他们周围的空气中，随时可能制造祸端。晚上，斯奎勒满脸惊恐，把大家召集到一起，说有重要的事情通报。

"同志们！"斯奎勒紧张地踱着小碎步，尖声嚷道，"最近发现一件无比可怕的事情：斯诺鲍尔已经卖身投靠平齐菲尔德农场了！场主弗里德里克正谋划要攻打我们，夺走我们的农场！斯诺鲍尔会在攻打时担任弗里德里克的向导。还有更可怕的消息呢！我们本来以为斯诺鲍尔的种种行径不过是出于虚荣心和个人野心。但是，我们错了，同志们！你们知道真正的原因是什么吗？斯诺鲍尔从一开始就跟琼斯勾结在一起！他一直都是琼斯的密探。我们最近发现他留下来的文件，从中找到了有力的证据。同志们，我觉得，这样一来，很多事情因此都有了合理的解释。大家难道还不明白他在牛棚之战中如何处心积虑想要打败并摧毁我们吗？幸亏他没有能够得逞！"

动物们目瞪口呆。这个罪行可比摧毁风车严重得多。大家一时还不能接受这样的说法。他们都记得，或自认为记得，亲眼看见斯诺鲍尔在牛棚之战中领头冲锋陷阵，看见他在每一个重要关头整合队伍、鼓舞士气，看见他背部中弹仍不退缩。一开始，大家有些难以把亲眼所见的一切与斯诺鲍尔是琼斯密探的说法联系起来。就连一向很少发问的波克赛都心生疑窦。波克赛前蹄跪地躺下，闭上眼睛，竭力理清思绪。

"我不相信！"他说，"牛棚之战中，斯诺鲍尔作战勇猛。我亲眼所见。我们不是战斗一结束就授予他'动物英雄一等功'勋章吗？"

"同志，我们当时弄错了。现在才弄清楚——我们发现的秘密文件中都写着呢——他其实是想引诱我们走向灭亡。"

"可是他也负了伤，"波克赛坚持说，"我们都看见他浑身是血。"

"那也是预先谋划好的！"斯奎勒尖声叫道，"琼斯的子弹不过是从他皮上擦过。你们要是识字，我就把他亲笔写的东西给你们看。按照预谋，斯诺鲍尔在紧急关头发出逃跑信号，把战场留给敌人！斯诺鲍尔差一点就得逞了——同志们，我甚至可以毫不夸张地说，要是没有咱们的伟大领袖拿破仑同志，他就肯定得逞了。你们难道忘了，琼斯带着工人刚一冲进院子，斯诺鲍尔就突然掉头逃跑，很多动物紧跟其后？你们难道忘了，在恐慌情绪蔓延、败局已定之际，正是拿破仑同志跳出来高呼'打倒人类！'死死咬住琼斯的一条腿？同志们，你们一定都记得，对不对？"斯奎勒跳来跳去，尖声问道。

经过斯奎勒这么一番绘声绘色的描述，动物们似乎记起确实有这么一回事。不管怎么说，他们记得在战斗吃紧的时候，斯诺鲍尔掉头逃跑。可是，波克赛仍然觉得有什么地方不对劲。

"我不相信斯诺鲍尔一开始就背叛了我们，"他思索了好一阵子，开口说道，"他后来的所作所为另当别论。但我相信他在牛棚之战中是个好同志。"

"我们的领袖，拿破仑同志，"斯奎勒一字一顿地说，"明确地说——同志，拿破仑同志明确地说——斯诺鲍尔从一开始就是琼斯的密探！没错，在大家还没想过要暴动之前很久他就背叛了我们。"

"哦，这么说来就不同了！"波克赛说，"如果拿破仑同志这么说了，就一定不会错。"

"同志，这才是正确的态度！"斯奎勒尖声说，不过，大家发现他那双闪着精光的小眼睛不怀好意地瞟了波克赛一眼。斯奎勒正要转身离开，又突然停下来，声色俱厉地说："我奉劝农场上每个动物都把眼睛睁大一点。我们有理由相信，斯诺鲍尔的同伙此刻正潜伏在大家中间。"

四天后的傍晚，拿破仑命令所有的动物到院子里集合。大家到齐之后，拿破仑从农场屋舍里走出来，身上佩戴着两枚勋章（他最近给自己颁发了"动物英雄一等功"和"动物英雄二等功"勋章），旁边簇拥着九条大狗，猎狗吠叫声令动物们不寒而栗。大家各自蜷缩着，谁也不敢发出一丝动静,似乎预感到灾祸就要降临。

拿破仑站在那里,阴鸷地扫视全场,突然发出一声嚎叫。几条狗立刻扑上去,咬住四头小猪的耳朵把他们拖到拿破仑跟前。四头小猪又痛又怕,嗷嗷尖叫。猪耳朵上鲜血淋漓,几条狗尝到血腥味,兽性大作。令大家始料不及的是,还有三条狗朝波克赛扑去。见此情景,波克赛迅速抬起巨大的蹄掌,迎面击中一条恶狗,将其死死摁在地上。那条狗厉声哀嚎,其他两条狗夹起尾巴溃逃。波克赛看着拿破仑,不知该将狗踩死还是饶他一命。拿破仑脸色一凛,喝令波克赛放开那条狗。波克赛刚抬起蹄掌,狗就迅速嚎叫着溜走了,浑身瘀伤。

骚乱的场面渐渐平静下来。四头小猪浑身发抖,等候发落,满脸认罪服法的神情。拿破仑命令他们供认罪行。这四头小猪曾在拿破仑取消星期天例会时出头抗议过。不待审问,他们就招供说,斯诺鲍尔被赶走后,他们就一直跟他暗中接触,勾结在一起破坏风车,密谋把动物农场搞到弗里德里克手中。他们还说,斯诺鲍尔私下告诉他们说,自己多年来一直担任琼斯先生的秘密情报员。话一落音,几条狗立刻扑过去撕断他们的喉管。拿破仑厉声追问其他动物是否有罪行需要供认。

带头发动鸡蛋风波的三只母鸡,走上前来说,斯诺鲍尔曾经出现在她们梦中,煽动她们反抗拿破仑的命令。三只母鸡被当场杀掉。接着,一只鹅走出来,承认去年秋收时私藏了六穗玉米,夜里偷偷吃掉了。后来,一只绵羊承认曾在饮水塘中撒过一泡尿——她说,是斯诺鲍尔要她这么干的。另外两只绵羊供认趁着一头对拿破仑无比虔诚的老公羊患染咳嗽未愈,围追他绕着火堆跑了一圈又一圈,活活把他累死。供认罪行的动物被当场一一处决。后来,又有动物供认罪状,又被一一处决。很快,拿破仑脚下尸首成堆。空气中弥漫着浓郁的血腥味,赶走琼斯之后头一回出现这种场面。

一切结束后,剩下的动物,除了猪和狗以外,全都畏畏缩缩地离去。动物们浑身发抖,凄惨万状,弄不清楚到底是那些跟斯诺鲍尔勾结在一起的叛徒让他们震惊,还是刚才的血腥惩戒更令他们胆寒。从前也曾有过同样骇人的屠戮场景,可同类之间的杀戮似乎更令他们悚然。从琼斯离开农场至今,还没有哪个动物杀害过其他动物!就连老鼠都没有谁杀害过。大家慢慢走到建风车工程的小山丘上,不约而同地卧倒在地,似乎想挤在一起取暖。母马克罗弗、白山羊缪丽尔、驴子本杰明、奶牛、绵羊、一群鹅和母鸡,事实上,除了那只猫,幸存的动物都在。猫在拿破仑下令召集开会前就没了踪影。大家久久地沉默着,谁也不开口。只有波克赛没有卧倒。他不安地踱来踱去,长长的黑尾巴左右甩动,不时发出惊诧的低低嘶鸣。过了很久很久,波克赛打破沉默,开口说道:

"我无法理解。简直无法相信,这样的事情竟然发生在我们农场。一定是我们自己犯下的错。在我看来,唯一的办法就是更加努力地干活。从现在开始,我每天清晨要早起一个小时。"

说完,他迈着沉重的大蹄子,向采石场走去。到达采石场后,他一口气装了两车碎石料,拖运到风车工地,才回去睡觉。

其他动物全部挤在克罗弗身旁,谁也不说话。从他们卧躺的小山丘能够望见开阔的原野。动物农场大部分地方都可映入眼帘——与大路相连的长条形草场、秣草地、灌木丛、饮水塘、绿油油的麦田、农场老宅的红屋顶,从屋顶烟囱袅袅升起的炊烟……春日的傍晚,天气晴朗。草地和葱茏的树篱在落日余晖中犹似镀了一层金边。大家似乎头一回发现农场竟然如此美好。动物们想到这是他们自己的农场,这儿的每一寸土地都属于自己,多少有些吃惊。克罗弗垂眸凝望山坡,眼中噙满泪水。如果能够表达清楚自己的思想,她一准会说:数年前他们推翻人类,不承想会有如今这般结果。老少校鼓动大家暴动的那天夜晚,他们满心期待的并不是这些恐怖和屠戮。如果她能够描绘出未来的图景,一定会是这样的世界:所有的动物都免遭饥饿与皮鞭之苦,大家一律平等,各尽所能辛勤工作,强者保护弱者,正如老少校发表演说的那晚她用前蹄护佑那群失去妈妈的小鸭子。然而,现在人人自危,不敢说出心里话,凶残的恶狗四处咆哮,大家只能眼睁睁地看着自己的同志供认罪行后被撕成碎片,她不明白怎么会变成如今这个样子。她心里没有一丝造反或反抗的想法。她认为,纵然情况如此,也比琼斯时代好多了。而最最重要的是阻止人类回来。不管发生什么,她都依然忠诚,辛勤工作,无条件地执行命令,接受拿破仑领导。可是,话又说回来,她和其他动物辛勤付出,热切渴盼的可不是眼下这种情形。他们建风车,无畏琼斯的子弹,为的也不是目前这般境况。她心里这么想着,却又无法用语言表达出来。

最后,想到也许可以换一种方式表达难言的思绪,她开始唱起了《英格兰牲畜之歌》。坐在她身旁的动物也都跟着唱起来,大家一连唱了三遍,从未有过的整齐、和谐,从未有过的缓慢、哀伤。

大家刚刚唱完第三遍,斯奎勒带了两条狗走过来,似乎有重要的事情通知。他高声宣布,拿破仑同志颁布特别法令,取缔《英格兰牲畜之歌》。从今往后,禁止诵唱《英格兰牲畜之歌》。

动物们无比震惊。

"为什么?"白山羊缪丽尔问。

"同志,不需要了,"斯奎勒生硬地说,"《英格兰牲畜之歌》是暴动时唱的歌。现在暴动结束了。今天下午处决叛徒为暴动画上了句号。内敌、外患都已经被消灭。在《英格兰牲畜之歌》中,我们表达了对未来美好社会的渴望。但美好社会已经实现。显然,这首歌已经没有任何作用了。"

一些动物虽然心里非常害怕,却仍然想壮起胆子抗议。就在这时,绵羊又使出惯用伎俩,咩咩地乱嚷"四条腿好,两条腿坏"。叫嚷声持续了好几分钟,原本想抗议的动物只好作罢。

就这样,再也没有谁唱过《英格兰牲畜之歌》。取而代之的是诗人梅尼缪斯创作的另一首歌:

> 动物农场,动物农场,
>
> 决不允许谁把你损伤!

每个星期天上午升旗仪式后,动物们都要唱这两句。但大家都觉得,这首歌的歌词和曲调都不能与《英格兰牲畜之歌》相提并论。

第 八 章

　　几天过后,处决的恐怖气氛渐渐消散,一些动物记起——或者,他们自认为记起——戒律的第六条规定:"任何动物不得杀害其他动物。"尽管没有谁会在猪或狗能听见的地方提及这件事,但大家都觉得前一段时间发生的屠戮不符合这条戒律。克罗弗让本杰明给她读第六条戒律,本杰明照例拒绝了,申明自己不愿意掺和这种事。克罗弗只好找来缪丽尔。缪丽尔告诉她,上面写着:"任何动物不得无故杀害其他动物。"不知为何,大家都不记得中间有过"无故"二字。不过,动物们现在弄明白了,那次屠戮并没有违背这条戒律,显然,他们有充分理由处死那些跟斯诺鲍尔勾结在一起的叛徒。

接下来整整一年,动物们比上一个年头干得更卖力。不仅要把风车墙体建成原先的两倍厚,还要保证风车如期完工;再加上田里的常规农活,劳动量十分巨大。动物们有时觉得,大家似乎比琼斯当权时工作时间更长,吃得更差。星期天上午,斯奎勒用蹄子夹着一张长条纸,高声念着一串串数字,向大家证明各种粮食作物产量有的增长百分之二百,有的增长百分之三百,有的甚至还增长百分之五百。动物们找不出质疑斯奎勒的理由,而且大家谁也记不清暴动前的确切数字。尽管如此,动物们时常觉得,他们宁可少要点数字,多要点食物。

现在,农场上的所有命令都是通过斯奎勒或别的猪传达。拿破仑半个月也不会露一次面。真正现身时,他身旁除了那些簇拥的恶狗,还新添了一只在前头鸣锣开道的黑公鸡。赶上拿破仑要说话,黑公鸡就喔喔高叫一嗓子。据说,拿破仑甚至在老宅里享有专门套间,不跟其他猪混睡在一起。他单独用餐,两条狗在旁边伺候。陈列在客厅玻璃橱柜里的皇家德比瓷餐具一直归他专用。此外,农场上还宣布,每年除了两个纪念日要鸣枪,拿破仑的生日也要鸣枪庆贺。

现在,不能直呼拿破仑的名字了,要非常正式地尊称他为"我们的领袖拿破仑同志",那几头猪还非常喜欢给拿破仑发明诸如"动物之父""人类克星""羊群保护神""小鸭之友"等尊号。斯奎勒在各种发言中,大谈拿破仑的智慧、拿破仑的仁善之心,以及拿破仑对所有动物,特别是农场里仍遭蒙昧与奴役之苦的不幸动物怀有的深挚之情。谈到动情处,斯奎勒每每涕泪横流。任何一点成就与点滴好运,大家都习惯性地归功于拿破仑。经常会听到一只母鸡跟另一只母鸡说:"在我们的领袖拿破仑同志的领导下,我六天产了五只蛋。"抑或,两头奶牛一边在水塘边悠闲地饮水,一边说:"感谢拿破仑同志的领导,这水多么甘甜啊!"梅尼缪斯创作的题为"拿破仑同志"的小诗抒发了动物们的普遍情感:

> 您是无父之辈的朋友,
>
> 您是无尽幸福的源泉!
>
> 您是万千美食的领主,
>
> 啊,仰望您,我的灵魂在燃烧!

您目光如炬，
如高空之日，
拿破仑同志！

众生之爱您必成全，
日日饱食有两餐，
洁净稻草任滚翻，
大小牲畜栏中眠，
仰仗您护守周全，
拿破仑同志！

若我生育小猪崽，
不待断奶离开怀，
定要日日勤教诲，
对您忠诚永不改，
初学说话必当为：
拿破仑同志！

拿破仑对这首诗非常满意，下令将其誊抄在大仓棚山墙上，与刷写《七戒》的那堵山墙相对应。斯奎勒在诗的上方用白颜料画了拿破仑的侧面像。

这段时间里，在温普尔的斡旋下，拿破仑一直在跟弗里德里克和皮尔金顿开展周密会谈。院子里的木材尚未出售。两个买家中，弗里德里克的购买心更切，可他不愿意出个好价钱。恰在此时，又开始有传言说弗里德里克和他的手下阴谋攻打动物农场、摧毁风车，说风车工程让弗里德里克嫉恨得发狂。据悉，斯诺鲍尔一直潜伏在弗里德里克的平齐菲尔德农场。夏天快过一半的时候，动物们惊恐万状地听说，三只母鸡出来供认说她们受斯诺鲍尔煽动，预谋杀害拿破仑。三只母鸡被立刻处决了。拿破仑的安保防卫工作也随之升级。夜里有四条狗守卫在他的床榻前，每个床脚由一条狗驻守。每餐饭前，一头名叫品克耶的小猪奉命为拿破仑试吃，以防饭菜遭遇投毒。

大约就在这段时间，动物们听说拿破仑已经决定把木材卖给皮尔金顿先生，同时还将与皮尔金顿的狐狸林农场签署长期协议，进行特定产品的交换。虽然由于温普尔长期从中周旋，拿破仑和皮尔金顿的关系现在可谓非常友好。皮尔金顿的人类身份令动物们不相信他，可相对于那个令大家既惧又恨的弗里德里克，动物们倒也愿意接受皮尔金顿。夏天快结束时,风车工程几近竣工,弗里德里克要带人攻打农场的传言沸沸扬扬。据说,弗里德里克打算率领二十个荷枪实弹的人来攻打他们,还说弗里德里克贿赂了地方行政官和警察,如果能夺得动物农场的地契,地方行政官和警察将不会问究此事。此外,平齐菲尔德农场内部不断传出关于弗里德里克凶残对待动物的暴行:鞭打一匹老马致其死亡,不给奶牛饲食,把一条狗扔进炉子里活活烧死,晚上给鸡蹬子绑上刮刀碎片斗鸡取乐⋯⋯听到弗里德里克残害动物的行径,动物们个个义愤填膺。有好几次,大家集体请缨攻打平齐菲尔德农场,把人类赶出去,解救农场里的动物。但斯奎勒劝告大家不要贸然行动,要相信拿破仑同志的谋略。

然而,反抗弗里德里克的情绪日益高涨。一个星期天的早上,拿破仑现身大仓棚,向大家解释说,他从没有考虑过把木材卖给弗里德里克;他说,跟这种劣迹斑斑的恶棍打交道有辱自己的尊严。鸽子们仍旧被派往各地散播暴动信息,但禁止在狐狸林农场驻足,而且"打倒人类"的旧口号必须改为"打倒弗里德里克!"夏末,斯诺鲍尔的又一个诡计被识破。麦田里长满杂草,原来是斯诺鲍尔夜间潜入农场在麦种里掺进了大量草籽所致。一只暗中参与此事的公鹅向斯奎勒供认罪行后,随即吞食剧毒颠茄果自杀。大家现在还知道,斯诺鲍尔并没有像很多动物至今深信的那样荣获过"动物英雄一等功"勋章。勋章之说纯属牛棚之战后斯诺鲍尔为自己散播的神话。纵然百般粉饰,也掩盖不了他在战役中因怯懦而招致谴责的事实。听到这种说法,一些动物再次感到迷惑不解,但斯奎勒很快说服大家,让动物们相信是自己记岔了。

秋天,经过艰苦卓绝的努力(动物们要同时兼顾收割庄稼),风车终于落成。只剩下机械部分尚未安装,不过,温普尔已开始商谈采购。风车主体结构总算大功告成!尽管中途遭遇经验欠缺、设施落后、运气不佳、斯诺鲍尔连番阴谋等种种坎坷,风车却如期完工,一天也不差!动物们筋疲力尽,却都无比骄傲,绕着自己的杰作转了一圈又一圈。在他们眼中,这座风车比第一次建成时更漂亮。墙壁也比第一次加固了一倍。这一回,除非使用炸药,任何东西都别想撼动它分毫!动物们回忆起为此付出的辛劳、遭遇的挫折,想着风车转动发电后生活将要发生的天翻地覆的变化,想到这里,一切疲惫顿时化为乌有。他们围着风车撒欢,爆发出阵阵胜利的欢呼。拿破仑在几条狗和小公鸡的簇拥下,亲自来视察新落成的风车,逐一祝贺大家取得的成就,宣布将风车命名为"拿破仑风车"。

又过了两天,动物们被召集到大仓棚举行特别会议。拿破仑宣布说,已经把木材出售给弗里德里克,次日就会有车子来运走。得知此事,动物们惊得目瞪口呆。在拿破仑与皮尔金顿保持表面友善关系的这段时间里,他早就私下与弗里德里克签订了秘密协议。

与狐狸林农场的一切关系戛然终止,一切侮辱性的话语霎时指向皮尔金顿。鸽子们被告知从此避开平齐菲尔德农场,把"打倒弗里德里克!"的口号改为"打倒皮尔金顿!"拿破仑同时向大家澄清,说之前所有要攻打动物农场的传闻纯属子虚乌有,而关于弗里德里克暴虐对待动物的说法显然是夸大其词。所有谣传很可能都是斯诺鲍尔跟他的党羽一手策划。眼下看来,斯诺鲍尔并没有藏身于平齐菲尔德农场,事实上,他压根儿就没去过那里——据说,他一直住在狐狸林农场,生活无比优渥。过去这些年,他一直由皮尔金顿供养。

几头猪对拿破仑的智谋简直顶礼膜拜——通过表面上与皮尔金顿交好,迫使弗里德里克加价十二英镑。斯奎勒说,拿破仑的卓绝智慧在于,他其实谁也不信任,自然也不相信弗里德里克。此人妄图用一张写着承诺购买金额的纸片(一种叫作支票的东西)买下木材。可拿破仑非常聪明,不会上他的当。拿破仑坚持必须用五英镑面额的现钞付清全部货款,才能将木材运走。弗里德里克已把货款结清,他付的款项正好够用来买风车所需要的机械设备。

这期间,木材被飞速运出农场。之后,动物们又被召集到大仓棚开了一次特别会议,目的是让大家见识见识弗里德里克交付的现钞。拿破仑佩戴着他的两枚勋章,卧在高台上的稻草堆中,咧开大嘴笑着。那笔钱码放在他身旁,整整齐齐摞在老宅的厨用瓷盘中。动物们排好队,挨个儿从盘子前经过,仔仔细细打量着那堆钞票。波克赛还伸过鼻子凑在钞票旁嗅嗅,鼻息吹动那堆白色的薄纸片窸窣作响。

三天后,农场里发生一场可怕的骚乱。温普尔面如死灰,骑着自行车一路疾驰而来。进了院子,他把自行车往旁边一摔,径直冲进老宅。紧接着,拿破仑房中传来气急败坏的咆哮。出事的消息像野火一般传遍整个农场。钞票是假的!弗里德里克没花一分钱弄走了那堆木材!

拿破仑立刻将动物们集中起来,穷凶极恶地宣判弗里德里克死刑。他宣布,一旦抓住弗里德里克,即刻将他活煮。同时,他还警告大家,这种背信弃义的行径之后肯定还有更可怕的事情。弗里德里克和他的手下随时可能发动蓄谋已久的进攻。所有通往农场的路口都已派驻岗哨。此外,还派出四只鸽子前往狐狸林农场递交和解函,希望跟皮尔金顿重建亲善关系。

果不其然,第二天一大早,进攻开始了。动物们正在吃早餐,驻守的动物冲进来通报,说弗里德里克已经带人闯入五道栅栏门。动物们英勇迎战,但这次战斗比牛棚之战艰苦卓绝得多。对方共计十五人,拎着五六杆枪,进大门五十码就开始突突、突突地不停扫射。动物们顶不住威猛的火力和嗖嗖飞过的子弹。尽管拿破仑和波克赛竭力集结队伍，动物们还是溃不成军。许多动物饮弹负伤。大家退守农场圈棚中，胆战心惊地透过缝隙和木板结孔向外张望。整个农场，包括风车在内，全部落入敌人手中。此刻，拿破仑也已不知所措，一言不发地踱来踱去，尾巴僵直，不断抽搐。他满怀期待地望着狐狸林农场的方向。要是皮尔金顿能够带人救援，他们还有指望打赢这场仗。正在这时，头一天派出去的四只鸽子回来了，其中一只鸽子带回皮尔金顿送来的小纸片。上面用铅笔赫然写着"活该"两个大字。

这当口，弗里德里克和他的手下在风车前停住脚。动物们紧张地望着，发出不安的低呼声。两名伙计取出铁撬棍和大锤。看样子他们打算把风车砸塌。

"绝对办不到！"拿破仑吼道，"我们的墙体坚固，不可能砸塌。他们一个星期也砸不塌。同志们，别泄气！"

驴子本杰明专注地望着那两个人。他们正用锤子和撬棍在风车基座墙体上打洞。本杰明饶有兴味地看着，缓缓摇晃着长嘴巴。

"我就料到会这样，"他说，"你们还没看明白他们要干什么吗？过一会儿，他们就会往那个洞里塞上炸药。"

动物们惊恐万状，束手无策。已经不可能从藏身处冲过去了！几分钟后，只见人群迅速散开。接着传来一声震耳欲聋的轰响。鸽群惊飞到空中。除拿破仑外，所有的动物都扑倒在地，把脸埋住。等到再起身时，风车曾经矗立的地方升腾起一股巨大的黑色烟云。微风渐渐把黑烟驱散。风车荡然无存！

目睹此番景象，动物们重新振作起来！敌人的卑劣行径激起动物们的怒火，之前的恐惧和绝望消失殆尽。动物们爆发出复仇的呼喊，不待号令，齐刷刷地冲出去扑向敌人。这一次，他们毫不畏惧冰雹般呼啸而过的可怕子弹。这是一场无情、血腥的厮杀。人类不停地向动物开火，一旦动物迫近眼前，就棍子、靴子一起上。一头奶牛、三只绵羊和两只鹅在冲突中丧生，几乎每个动物都挂了彩。就连坐镇后方发号施令的拿破仑，尾巴尖也被子弹擦伤。来犯的人群并非毫发无损。三个人被波克赛踢破脑袋，一个人肚子被奶牛犄角顶伤,还有一个人差点被杰西和布鲁贝尔扯烂裤子。拿破仑命令贴身护卫的九条狗,借着树篱掩护从后面包抄敌人。九条狗突然出现在侧面,狰狞恐怖地吠叫,人群被吓得魂飞魄散。眼见即将陷入包围,弗里德里克命令手下趁出口还没被堵上赶紧撤退。眨眼间,一群贪生怕死之徒各自逃命去了。动物们一直追赶到田野尽头,一伙人从荆棘篱中挤窜出去时,还被动物从后面踹了几蹄子。

动物们虽然打赢了,却全都疲惫不堪,个个流血挂彩。大家一瘸一拐,慢慢走回农场。看见遇难的同志陈尸山野,很多动物泪流不止。他们在风车曾经矗立的地方,默然站立良久,悲愤难当。风车没了,一点痕迹都没留下!基座也几乎全被毁了。现场连石头也没剩下。爆炸的巨浪将石头抛到几百码之外。风车似乎压根儿没有存在过。

大家快到农场时,整个战斗期间莫名不见踪影的斯奎勒向他们一颠一颠地跑过来,摇晃着尾巴,满脸喜气。动物们听到从农场圈栏方向传来庄严的鸣枪声。

"为什么鸣枪?"波克赛问道。

"庆祝我们的胜利呀!"斯奎勒尖声回答说。

"庆祝什么胜利?"波克赛又问。他的两只膝盖血流不止,丢了一只蹄掌,蹄趾劈裂,后腿至少中了十二发子弹。

"同志,庆祝什么胜利?! 我们不是把敌人赶出了我们的土地——神圣的动物农场吗?"

"但他们摧毁了风车。我们花了两年时间才建成的风车!"

"有什么关系?! 我们可以再建一座! 只要我们愿意,再建六座也不成问题。同志,你还没有意识到,咱们做了件多么惊天动地的事情。咱们大家现在站的这块地方,曾经落入敌人手中。现在,多亏拿破仑同志的领导,我们寸土不失地夺回来了!"

"我们只不过夺回了属于自己的东西。"波克赛说。

"这就是我们的胜利。"斯奎勒尖叫。

大家一瘸一拐地走进院子。波克赛后腿中的弹伤令他痛得无法忍受。他已然看见了即将从头重建风车的繁重劳动,也已经做好了迎接这一任务的准备。但他第一次意识到,自己已经十一岁,筋骨大不如从前了。

看着绿色场旗飘扬,听到枪声鸣放七响,聆听拿破仑发表演讲赞颂大家的英勇事迹,动物们渐渐相信他们确实打了场大胜仗。大家给战斗中罹难的同志举行了隆重的葬礼。波克赛和克罗弗拉着一辆货车改装的灵柩,拿破仑走在送葬队伍的最前列。庆功会持续了整整两天。大家唱歌,激情演说,鸣枪庆祝,每个动物领到一只苹果作为特别嘉奖。鸡、鸭、鹅等禽类则另外领到两盎司谷物,每条狗另得三片饼干。这次战役被定名为"风车之战",拿破仑还给自己创设、颁发了"绿旗勋章"。在一片欢腾气氛中,大家集体遗忘了倒霉的假钞事件。

过了几天,几头猪意外地在农场地窖中发现一箱威士忌酒。住进老宅后,他们居然一直未曾发现这些酒。当天夜里,老宅里传来喧闹的歌声,令大家吃惊的是其中居然还夹杂着《英格兰牲畜之歌》的唱词。大约九点半钟的时候,拿破仑头上戴着琼斯先生的圆顶旧高帽,从后门蹿出来,在院子里飞快地转了一圈,又迅速折回老宅,可大家已然看得十分真切。第二天早上,老宅里一片死寂。一头猪都没有动静。快九点了,斯奎勒才露面,步履迟缓踉跄,目光呆滞,尾巴有气无力地耷拉着,似乎病得非常严重。他把动物们叫到一起,告诉大家一个噩耗:拿破仑同志生命垂危!

恸哭声骤然响起。老宅门旁铺了稻草,大家踮着脚尖走路,唯恐发出声响。他们眼中噙着泪,相互探询:万一领袖离大家而去,他们该如何是好?有谣言说,斯诺鲍尔暗中算计在拿破仑的食物里投了毒。十一点钟,斯奎勒再次出来发布通告。拿破仑临终前郑重规定:凡饮酒者,必处死刑。

然而,傍晚时分,拿破仑的病情似乎好转起来。第二天早上,斯奎勒告诉大家,拿破仑正在迅速痊愈。当天晚上,拿破仑已经能够工作了。到了第三天,动物们听说拿破仑指示温普尔去威灵登镇购买有关酿造和蒸馏的书籍。一星期后,拿破仑下令耕犁果园尽头的小牧场。那里原本是预留给丧失劳动能力的动物做养老的草场的。传言说那块牧场肥力枯竭,需要追播,可大家很快发现,拿破仑其实想要在那里播种大麦。

就在这个时候,农场里出了一件谁也无法理

解的蹊跷事。一天夜里十二点左右,院子里传来一声巨响,动物们纷纷冲出圈栏。当晚,月色清亮。大仓棚尽头的山墙(写着《七戒》的那堵墙)根下,倒着一架断成两截的梯子。斯奎勒趴在梯子旁,昏死过去,不远处扔着一盏提灯、一支颜料刷和一桶打翻的白色涂料。几条狗迅速将斯奎勒团团围在中间,等他刚一能走路,就把他护送进老宅里去了。大家谁也闹不清这到底是怎么一回事,只有老本杰明,摇晃着长嘴巴,一副深明就里的样子。他似乎明白个中原委,却什么也不愿意说。

又过了几天,白山羊缪丽尔诵读《七戒》时,发现还有一条戒律动物们也记错了。大家一直认为第五条戒律是"任何动物不得饮酒",其实漏掉了两个字。戒律上明确写着:"任何动物不得饮酒过量。"

第 九 章

波克赛蹄趾劈裂,很长时间都没能痊愈。庆功会结束次日,大家就开始着手重建风车。波克赛一天也不愿意旷工,执意不让大家看出他忍痛干活。到了夜晚,他才私下跟克罗弗说蹄趾疼痛难忍。克罗弗找来草药嚼成膏状给他敷在蹄趾上,她和本杰明都劝波克赛不要这么拼命。"马的肺经不住折腾。"她苦苦劝说。波克赛压根听不进去。他说,他只有一个愿望——就是在退休前看到风车顺利建成。

动物农场建立之初颁布的法律规定,马和猪的退休年龄是十二岁、奶牛十四岁、狗九岁、绵羊七岁、母鸡和鹅五岁。当时的法律还分别规定了动物们退休后的养老金。目前，还没有动物领过养老金，但最近关于这个话题的讨论渐渐多了起来。果园尽头那一小块地已经拿来播种大麦，于是就有传言说会把大牧场一角围起来做退休动物的养老专用地。传言还说，马的养老金是每天五磅谷物，冬季每天十五磅干草，节假日另加一根胡萝卜或一个苹果。明年夏末，波克赛就要满十二岁了。

这段时间，大家生活非常艰难。冬天跟去年一样寒冷，食物却更为匮乏。除了猪和狗，其他动物的口粮再度削减。斯奎勒尖声解释说，过于刻板的口粮均等，有悖动物主义基本原则。在任何时候，他总能毫不费力地说服大家相信，不管表象如何，农场其实并不缺粮食。当然，眼下确实需要调整口粮份额（斯奎勒总是用"调整"，从不说"削减"二字），即便这样，情况也比琼斯时代好了不少。斯奎勒尖着嗓子飞快报出一串串数字，向动物们详细证明：他们的燕麦、干草、萝卜比琼斯时代多，他们的工作时间比琼斯时代短，他们的饮用水质量比琼斯时代高，他们的寿命比琼斯时代长，他们的幼崽成活率比琼斯时代高，他们圈栏里的干草比琼斯时代多，而跳蚤却更少。动物们对此深信不疑。说实话,动物们差不多已经完全忘记了琼斯和他所代表的一切。大家很清楚,眼下生活艰难困顿,常常饥寒交迫,除了睡觉之外所有的时间都在干活。但毫无疑问,从前的生活比现在更糟糕。想到这一点,动物们都很高兴。再说,最根本的区别在于,大家从前是奴隶,如今当家做了主人,斯奎勒从不忘记向动物们强调这一点。

现在有了更多张嘴要吃饭。秋天,四头母猪差不多同时产崽,生下三十一只小猪崽。拿破仑是农场上唯一的公猪,那群花斑猪崽的血统也就不得而知。后来,动物们听说,买来砖和木料就会在老宅花园里盖一间教室。那群小猪暂时由拿破仑在老宅的厨房里教授课程。小猪们在花园里锻炼身体,不允许其他动物幼崽跟他们一起嬉闹。大约就在这个时候,农场又出台了一条规定:任何动物在路上碰到猪,都要站到一旁给猪让路。规定上还说,所有的猪,不分等级,都享有星期天在尾巴上系绿飘带的特权。

农场当年的收成非常好,可资金依然短缺。建校舍需要购买砖、沙子和石灰,同时也要开始筹款购买风车需要的机械部件。此外,老宅照明用的灯油、蜡烛,拿破仑佐餐用的方糖(他禁止其他猪食用方糖,理由是容易增肥),还有必须时常更换的工具、钉子、绳索、煤、铁丝、铁块和狗饼干,这些都需要用钱购买。已经卖掉了一垛干草和部分土豆,鸡蛋销售合同上的数字涨到每周六百枚蛋,导致当年小鸡孵化数量不足,勉强维持前一年的存栏量。十二月份削减过的口粮,二月份再次削减。为了节省灯油,圈栏里禁止点灯。猪却过得非常滋润,个个长得膘肥体壮的事实就颇能说明情况。二月底的一天下午,一股动物们从没闻过的温暖馥郁、勾人味蕾的香气,从小酒坊穿过院子飘了出来。小酒坊在厨房后面,琼斯时代已经废弃不用。有动物说,那是熬煮大麦的香味。动物们贪婪地嗅着,寻思着晚餐也许能吃上香喷喷的大麦糊。大麦糊并没有出现。接下来的那个星期天,动物们得到通知说,今后大麦专供猪食用。果园那边的地里已经播种了大麦。不久,动物们私下里听说,每头猪每天可分得一品脱啤酒,拿破仑每天可以用皇家德比瓷汤盆享受半加仑①啤酒。

---

① 一加仑等于八品脱,折合 4.55 升。

　　动物们虽然生活窘迫，却多半被新生活获得的尊严感抵消了。大家唱歌、发表演说、集会游行。拿破仑下令，每周必须举行一次名为"自发集会游行"的活动，目的在于庆祝动物农场各种斗争的胜利。一到指定时间，动物们就得放下工作，在农场里列队游行，猪排在队伍前列，接下来依次是马、奶牛、绵羊和禽类。狗分列在队伍两侧，拿破仑的黑公鸡走在队伍的最前头开道。波克赛和克罗弗每次都抬着绿场旗。旗子上除了蹄子和犄角，如今又添了"拿破仑同志万岁！"一行字。接下来，大家背诵各种赞扬拿破仑的诗篇。之后，斯奎勒发表演讲，罗列近期粮食生产的各项增长指标。集会上有时候也会鸣枪助兴。绵羊是"自发集会游行"的忠实拥趸者，要是有谁抱怨（猪和狗不在近旁时，有些动物难免会嘀咕几句）集会是浪费时间，害得大家站在外面受冻，绵羊一定会跳出来高声唱嚷"四条腿好，两条腿坏"，抱怨者只好闭嘴。总体说来，动物们很喜欢这些庆祝活动。说到底，那些"当家做主""为自己谋福"的说辞让他们很受用。因此，在歌声、游行、斯奎勒的一串串数字、震耳的礼炮声、公鸡的喔喔叫声和场旗的猎猎飞扬中，动物们至少暂时忘记了饥肠辘辘。

四月，动物农场宣布成立共和国，要选出一位总统。候选人只有一个，拿破仑因此全票当选。就在同一天，有消息说又发现一些披露斯诺鲍尔跟琼斯勾结的新文件。现在看来，斯诺鲍尔并非如大家之前所料想的，仅仅企图施诡计挫败牛棚之战，而是公然与琼斯站在一起。当时的真实情况是，斯诺鲍尔带领来犯的人群，嘴里高呼着"人类万岁"！斯诺鲍尔背上那些伤口，不少动物至今念念不忘，其实是被拿破仑用牙齿咬伤的。

盛夏时分，多年不见踪影的乌鸦摩西突然飞回农场。他一点也没变，仍然不参加劳动，也仍然整日念叨着美妙的糖果山。摩西会飞落在一截树桩上，扑棱着黑翅膀，只要有谁愿意听，就滔滔不绝地说上个把钟头。他嘴巴指着天上，煞有其事地说："同志们，在那里，就在你们能看到的那团乌云后面，有座糖果山——我们的幸福之乡，可怜的动物再也不用劳作啦！"他甚至声称自己曾飞到过那里一次，看到那里苜蓿地绵延不绝，树篱上缀满亚麻籽蛋糕和方糖。很多动物信以为真。他们琢磨着，自己现在的日子劳苦不堪、食不果腹，难道别的地方就不该有一个美妙之乡吗？唯一让大家觉得捉摸不透的是猪对摩西的态度。那些猪对摩西嗤之以鼻，说他关于糖果山的编派全都是瞎话，却又允许摩西留在农场，任由他不干活，还让他每天领取一及耳①啤酒。

蹄趾痊愈后，波克赛干活比以往更卖力。说实话，整整一年，动物们干起活来都跟奴隶没什么区别。除了各个季节的常规农活和风车重建工程外，三月份还动工给小猪兴建了校舍。有时候，动物们无法忍受长时间饿着肚子干活，只有波克赛坚定如初。无论是从言语还是从行动上，大家压根儿看不出他体力不如从前。但是波克赛的外表有了不少变化：他的皮毛不如过去那般亮泽，壮硕的胯部似乎开始松耷。有的动物说："等春天草肥了，波克赛就会胖起来。"春天来了，波克赛依然没能长胖。有时候，他顺着斜坡向采石场顶部拖石头，需要绷紧全身肌肉才能拖住巨石不向后滑退。他之所以没有倒下，全靠顽强的意志支撑

---

① 及耳(gill)，英美制液量单位，一及耳等于四分之一品脱。

着。只见他嘴唇翕动，似乎在说"我要更努力"，可他连发出声音的力气都没有了。克罗弗和本杰明再一次提醒他注意自己的身体，他压根儿听不进去。十二岁生日就要到了。波克赛专心干活，心无旁骛，只想趁着退休前多积攒些石料。

夏季的一天深夜，农场里突然有传言说波克赛出事了。他独自出去往风车工地拖运石料。没错，传言已经被证实。过了几分钟，两只鸽子匆匆飞进来，告诉大家："波克赛倒了！侧倒在地，起不来了！"

差不多一半的动物都冲到建风车的小山丘上。波克赛躺在两根车辕中间，脖子向前奔拉，连头都抬不起。他目光涣散，全身汗淋淋的。一股鲜血从嘴边流出。克罗弗在他身旁跪下。

"波克赛！"她失声叫道，"你怎么了？"

"是肺。"波克赛虚弱地说，"别难过。我相信，没有我，你们也能把风车建好。已经积攒了很多石料。再说，我也只能再干一个月。说实话，我一直期盼着退休。本杰明也老了，没准他们会让他跟我同时退休，让他跟我做伴儿。"

"我们必须马上求救。"克罗弗说，"赶快，赶快去告诉斯奎勒。"

　　大家闻声纷纷向老宅跑去,给斯奎勒报信。只有克罗弗和本杰明留下来。本杰明在波克赛身旁躺下,默默地用长尾巴给波克赛赶苍蝇。差不多过了一刻钟,斯奎勒来了,满是同情与关心。他说,拿破仑同志得知农场里最忠诚的同志遭遇如此不幸,深感悲痛,已经安排送波克赛去威灵登医院接受治疗。动物们听后非常不安。除了莫丽和斯诺鲍尔,没有哪个动物离开过农场,他们一想到要把生病的同志交到人类手中,心里就不舒服。然而,斯奎勒轻而易举说服了大家。他说,在威灵登的兽医那里,波克赛能够得到很好的医治,比待在农场里好。约莫过了半个小时,波克赛略微恢复了一点,艰难地站起身,跛着腿费力地走回圈栏。克罗弗和本杰明早已给他铺好了软软的稻草。

　　接下来的两天,波克赛一直待在自己的圈栏里。猪送来一大瓶在盥洗室药箱里找到的粉红色药,克罗弗每天两次餐后喂他吃药。夜晚,克罗弗躺在波克赛圈栏里,陪他说话,本杰明帮他赶苍蝇。波克赛说,身体如此,他并不难过。恢复得好,他还可以再活三年,他期待着在牧场一角悠闲地养老。他终于有闲暇时间学习,提高自己的智力。他说,他打算用余生所有的时间来学习字母表中其他二十二个字母。

本杰明和克罗弗只能用工余时间陪伴波克赛,然而,一辆货车白天开进来把波克赛运走了。当时,动物们正在一头猪的监督下拔萝卜地里的杂草。看见本杰明从圈栏方向跑来,嗯昂嗯昂地高声叫唤,大家非常吃惊。从没见过本杰明这样激动——而且,大家也都是头一回见到本杰明跑步。"快!快!"本杰明高喊,"快来!他们要把波克赛运走!"不待督工的猪发话,动物们撂下工作,赶紧朝圈栏方向跑去。没错,院子里停了一辆两匹马拉的大货车,车门关得严严实实。车身上写着字,驾驶位置上坐着一个满脸奸诈的人,头戴凹顶圆礼帽。波克赛不在圈里。

动物们围在货车旁,异口同声地叫着:"波克赛,再见!再见!"

"糊涂!糊涂!"本杰明一迭声地嚷道。他急得直跳,不住地跺蹄子,"糊涂!你们没看见货车身上写着什么字吗?"

动物们听后顿时停止嚷嚷。缪丽尔开始认读车身上的字。本杰明一把将她推到旁边，大声读起来。四周一片死寂。

"'阿尔弗雷德·西蒙兹，屠马人、制胶人，威灵登。经营：兽皮、骨粉。有狗舍供应。'你们还不明白这是什么意思吗？他们要把波克赛送到屠宰场去！"

动物们失声叫了起来。坐在驾驶位置的男人猛地甩动皮鞭，两匹马拉着货车一溜小跑，驶出了院子。动物们紧追在车后，拼命叫喊。克罗弗奋力冲到最前头。货车开始加速。克罗弗努力想要撒蹄子快跑，却怎么也跑不动。"波克赛！"克罗弗高叫，"波克赛！波克赛！波克赛！"突然，像是听到了外面的喧嚣，波克赛的脸，那张鼻子上有长条白斑纹的脸，出现在货车后部的小窗口。

"波克赛！"克罗弗大叫，声音凄厉，"波克赛！出来！快出来！他们拉你去送死！"

所有的动物都跟着克罗弗齐声高叫："出来！波克赛，快出来！"但货车越跑越快，渐渐把大家甩在后头。不知是否听懂了克罗弗的喊话，过了一会儿，波克赛的脸从小窗前消失，接着，车厢内传来巨大的踢撞声。波克赛想踢开门下来。要是在从前，波克赛三下两下就能把货车踢得稀巴烂。可他如今年老力衰。没过几分钟，踢打的声音就越来越弱，最后什么动静也没有了。动物们抱着最后一丝希望，转而求助那两匹拉车的马。"同志，同志！"动物们高声呼呼，"请别把自己的兄弟拉去送死！"可是，两匹蠢东西浑然不觉身边发生的事情，竟然抿紧耳朵加快了步伐。波克赛的脸再也没有出现在窗边。突然有动物想起要冲过去关上五道栅栏门，可是太迟了。一转眼，货车就冲出栏栅门，迅速消失在大路尽头。从此再也没有谁见过波克赛。

三天后，动物们得知，威灵登的医生尽全力也没能救活波克赛。斯奎勒过来向大家宣布死讯。他说，波克赛临终前几个小时，他一直陪在旁边。

"那是我见过的最感人至深的一幕！"斯奎勒说着，抬起蹄子抹掉一滴眼泪，"我守在他床边，直到最后一刻。临终，他虚弱得几乎说不出话，却仍然挣扎着对我说，说他此生唯一的遗憾是没能亲眼看到风车落成。'前进，同志们！'他低声叫着。'以暴动之名，前进！动物农场万岁！拿破

仑同志万岁！拿破仑永远正确。'同志们，这就是
他的临终遗言。"

　　说到这里，斯奎勒陡地面容一滞，顿在那里好
一阵子不说话，一双猜疑的小眼睛睃来睃去。

　　斯奎勒说，据他所知，波克赛被货车拉走的时
候，流传过一个无比愚蠢而歹毒的谣言。有些动
物看到拉运波克赛的货车上写着"屠马人"的字
样，就想当然地认定波克赛被运到屠宰场去了。
斯奎勒说，他简直不敢相信，会有谁如此愚蠢。他
摇晃着尾巴，蹿来跳去，怒气冲冲地嚷嚷，质问大
家难道就是这样理解敬爱的领袖拿破仑同志的
吗？这件事解释起来其实非常简单。货车以前是
屠宰场的，兽医院把车买下来，还没来得及涂掉上
面的旧名字。误会就是这么造成的。

　　动物们听他这么一说，都长长地舒了一口气。
接下来，斯奎勒绘声绘色地把波克赛临终前的细
节又描述了一番：波克赛受到无微不至的照料，拿
破仑慷慨大度，给波克赛买昂贵的药物。这些话
驱散了大家心中的最后一丝疑虑。想到波克赛至
少是在幸福中死去的，这多少缓解了动物们的悲
痛。

　　随后的星期天例行集会上,拿破仑亲自到场并宣读一份悼念波克赛的简短唁辞。他说,虽然不能把亡故同志的遗体运回农场安葬,但他已经下令用农场花园里的月桂树枝做成花圈,送去摆放在波克赛坟前。过几天,猪准备举办一场悼念波克赛的晚宴。拿破仑引用波克赛的两句座右铭——"我要更加努力"和"拿破仑永远正确",结束了自己的发言。他说,每个动物都应该把这两句话当成自己的座右铭。

　　预定举办悼念晚宴的那天,一辆威灵登开来的食品车,在老宅门前卸下一只大木箱。当天夜里,大家听到喧闹震耳的歌声,接着又听到类似剧烈争吵的声音。十一点钟左右,一阵巨大的玻璃坍塌声过后,一切归于平静。第二天中午前,老宅里一丝动静也没有。大家传说,猪不知从哪里弄到一笔钱,又给自己买了一箱威士忌。

第 十 章

几年时间过去了。岁月匆匆,寿命短的动物先后死去。除了克罗弗、本杰明、乌鸦摩西和一些猪,没有谁还记得暴动之前的事情。

缪丽尔死了,布鲁贝尔、杰西和品彻死了。琼斯也死了——他死在郡里一家醉汉收容所。斯诺鲍尔已被遗忘。只有几个曾经相熟的动物依然记得波克赛。克罗弗年迈肥胖,关节僵硬,眼睛长期湿乎乎的。她超过退休年龄两年,但农场里并没有哪个动物真正退休过。在大牧场一角划出专属草地、供退休动物养老的提议,早就不再谈及。拿破仑正当盛年,体重二十四英石①。斯奎勒肥胖无比,连睁开眼睛看东西都费力。只有老本杰明跟从前差不多,只是口鼻处的毛发白得更多了。波克赛死后,老本杰明变得更加孤僻,更不爱说话。

尽管增长数量没有早年预计的那么多,农场里还是多了不少动物。许多动物出生时,对他们的父辈而言,暴动已经成为口耳相传的模糊记忆,那些从外面买进来的动物则根本没听说过暴动这回事。除了克罗弗,农场里还有三匹马,身形高大壮硕,是任劳任怨的好同志,但却愚不可及,没有一个能够记住字母表里"B"以后的字母。关于暴动和动物主义原则,这三匹马听到什么信什么。他们对克罗弗的话,尤其怀着一种近乎虔诚的尊奉,不过,谁也不确定他们到底听懂了多少。

现在农场比从前更繁荣,管理更有序,从皮尔金顿先生那里买进了两块地,因此面积也增大了。风车终于竣工,农场有了自己的脱粒机和干草升运机,还兴建了各种新房子、新圈栏。温普尔给自己配了辆双轮小马车。建成后的风车并没用来发电,

---

① 英石(stone),是不列颠群岛使用的英制质量单位之一,1986年后废弃不用。1英石约合6.35千克。

而是用来把谷物磨成粉,给农场带来一笔可观的收益。动物们接着又投入紧张的劳动,修建第二座风车,据说这一座风车建成后将安装发电机。然而,斯诺鲍尔当年为动物们描绘的舒适未来:圈栏通电,供应冷热水,三天工作制……这些梦想早已不再提及。拿破仑斥责这些想法有悖动物主义精神。他说,最真实的幸福来自于勤奋工作和简朴生活。

不知为何,农场的日渐富裕却似乎没能让动物们也跟着富起来(当然,猪和狗的情况例外)。也许部分原因是猪和狗的数量太庞大。倒不是说农场上的猪和狗不像其他动物那样工作。斯奎勒一遍又一遍地解释说,农场里有干不完的监督和组织工作。这些工作远非那些愚笨的动物所能理解。比如,斯奎勒告诉大家,猪每天需要耗费大量精力处理一些保密性"卷宗""报告""纪要"和"备忘录"等。这些工作就是在一张张大纸上密密麻麻地写满字,写完后又得立即丢进火炉里焚毁。斯奎勒说,这些工作关乎农场福利,非常重要。可改变不了的事实是,猪和狗都不参与粮食生产劳动,他们数量众多,胃口又格外大。

至于其他动物的生活,大家各自心里都很清

楚,跟从前别无二样。他们常常食不果腹,睡着干稻草,饮用塘里水,在田间劳作,冬天受冻,夏天遭蚊蝇叮咬。那些稍微年老一些的动物,有时也会绞尽脑汁,试图从模糊的记忆中弄清楚,暴动刚结束、琼斯刚被赶走那阵子的生活比现在更好还是更坏。他们什么也记不起,想不出任何可以跟眼下生活进行比较的东西:除了斯奎勒提供的一串串数字,他们什么也想不起。而那些数字无一例外证明着农场里的一切都越来越好。动物们发现这种问题无解,不过他们也没多少时间可以纠缠在这种问题上。只有老本杰明声称清楚地记得此生的每一件小事。他还说,不管是过去还是未来,生活都谈不上更好或更坏——他说,饥饿、困苦和失望,是永恒不变的生活之道。

然而,动物们从未放弃希望。更重要的是,他们一刻也不曾失去作为动物农场一员的自豪感和尊严感。他们仍然是整个郡,乃至全英格兰,唯一归动物所有、由动物自行管理的农场。农场里的所有动物,包括那些最小的,甚至那些从十英里、二十英里外买进来的动物,无不倍感欢欣鼓舞。听到枪声鸣放,看着绿色场旗猎猎飘扬,动物们心

中总会油然涌起一股强烈的自豪感,谈话的主题
也总会转向从前那个英雄时代,谈起驱逐琼斯、撰
写《七戒》,还有那些人类屡屡溃败的战斗。大家
仍未忘记旧日的梦想。动物们依然深信老少校预
言的动物共和国,深信到那时整个英格兰绿野将
无人类踏足其间。这一天必将到来:也许不会很
快,也许大家在有生之年看不到,但这一天必定会
到来。农场里甚至不时有动物悄悄哼唱《英格兰
牲畜之歌》。农场里的动物其实都会唱这首歌,
只是没有谁敢大声唱出来。他们的生活也许非常
艰辛,也曾有不少梦想没能实现,可大家清楚地意
识到自己跟其他动物不同。要说他们吃不饱肚
子,并不是因为给暴虐的人类提供食物;要说他们
吃苦受累,至少这苦和累都是为自己所受。他们
中没有谁用两条腿走路。他们也不需要喊其他动
物"主人"。所有动物一律平等。

夏初的一天,斯奎勒下令让绵羊跟着他来到
农场尽头长满桦树苗的荒地上。在斯奎勒的监督
下,羊群在那里啃吃了一整天树叶。当天傍晚,斯
奎勒独自回到农场老宅,却声称天气已经非常暖
和,要求羊群留在地里过夜。羊群一待就是整整

一个星期,其间,谁也没有见到过他们。斯奎勒每天大部分时间跟羊群在一起。他说,他在教绵羊学唱新歌,需要清净不受干扰。

一天傍晚,天气和煦,羊群刚刚返回,动物们结束一天的劳作往圈栏走去,院子里突然传来骇人的马的嘶鸣声。动物们吃惊地停住脚步。是克罗弗的声音。嘶鸣声再次响起,动物们跑步冲进院子。眼前的景象令他们恍然大悟。

一头猪正在用后腿直立行走。

没错,是斯奎勒。他走得非常笨拙,似乎还不习惯用后腿支撑着肥硕的身躯,但平衡性保持得不错。他正慢慢穿过院子。不一会儿,老宅里走出一长排猪,个个都用后腿直立行走。有的猪走得比较好,还有一两头猪用三条腿跟跄着走路,看起来跟拄了根拐杖似的。每头猪都成功地在院子里转了一圈。最后,伴随着巨大的狗叫声和黑公鸡尖啼声,拿破仑后腿直立从屋中走出来,耀武扬威,傲慢地环视四周,几条护卫狗跟在身旁前蹿后跳。

拿破仑前蹄夹着一根鞭子。

院子里一片死寂。动物们望着一长排后腿直立、绕着院子慢慢行走的猪,惊惧地挤成一团。世界似乎完全颠倒了。尽管动物们惧怕恶狗,尽管他们多年已养成不管发生什么事情都不抱怨、不评论的习惯,但不管怎么说,最初的震惊消退后,动物们觉得这一次他们应该发声抗议。正要出声,绵羊如同得到信号一般大声嚷嚷起来,声浪震天——

"四条腿好,两条腿更好! 四条腿好,两条腿更好! 四条腿好,两条腿更好!"

羊群持续高声嚷嚷了五分钟。当他们终于静下来的时候,最佳抗议时机已然失去——所有的猪都已经走回老宅里面。

本杰明感觉到有鼻子拱拱他的肩膀,转身发现是克罗弗。克罗弗的眼睛比以往更加混沌。她一言不发,轻轻扯着本杰明的鬃毛,领着他来到大仓棚尽头写着《七戒》的山墙跟前。他们在写着白色大字的沥青墙前站了一会儿。

"我眼力越来越不行了。"克罗弗终于开口说道,"年轻的时候,我就认不全墙上写着什么。但我觉得墙上的字看起来跟以前不一样了。本杰明,《七戒》还是以前的七戒吗?"

本杰明头一次打破自己多年的规矩,把墙上的字念给克罗弗听。七戒只剩下了一戒,那就是:

所有动物一律平等，

但一些动物比其他动物更平等。

按照这个说法，第二天农场上负责督工的那些猪，个个蹄子上夹根鞭子，也就不足为奇。后来，听说猪给自己买了一台无线电收音机，又准备安装电话，还订阅了《约翰牛》《荟萃周刊》《每日镜报》等报纸杂志，动物们也不觉得奇怪。再往后，拿破仑在老宅花园里叼着烟斗散步，几头猪甚至拿出琼斯衣橱里的衣服套在身上，拿破仑自己也穿上黑外套和狩猎马裤，捆上皮绑腿，他最宠爱的母猪套上琼斯太太从前星期天做礼拜才穿的水纹绸连衣裙，这些也都不足为奇了。

又过了一个星期，一天下午，农场里来了几辆双轮小马车。邻近几家农场的农场主受邀组团前来动物农场参观。他们参观了整个农场，对看到的一切，特别是风车，赞不绝口。动物们当时正在萝卜田里除杂草。大家认真干活，几乎头也不抬，不知道是害怕猪督工还是害怕组团来访的人类。

当天夜晚，喧嚣的笑声、歌唱声从老宅里传出来。突然，喧杂的笑闹声激起了动物们的好奇心。动物和人类的第一次平等聚会，他们会做些什么呢? 动物们像约好了似的,集体溜进老宅花园里。

在老宅大门口,动物们停下来。有些动物出于害怕,不敢走进去,但克罗弗给大家带了个头。动物们踮着脚靠近房子,个头高的动物透过窗户向餐厅里张望。六个农场主和六头地位较高的猪围坐在长餐桌旁,拿破仑坐主位。几头猪坐在椅子里,怡然自得。他们正围坐在一起玩纸牌游戏,此时正好停下来,显然是想喝杯酒助助兴。一只大酒罐在宾主之间挨个儿传递,他们的杯子里很快都续满了啤酒。谁也没有注意到趴在窗户外朝里张望的一众好奇面孔。

狐狸林农场的皮尔金顿先生率先站起来,手中端着酒杯。他说,想提议在座的各位干一杯,但他有些话想在干杯前一吐为快。

他说,看到长久以来的猜疑和误解终于结束,他感到由衷的满足,而他深信在座的各位都有同感。本应受敬重的动物农场主人一度遭受周围人类的某种猜忌(不能说是敌意)。当然,他或在座的任何一位农场主都没有过这种情绪。曾经发生过一些不幸事件,流传过一些错误说辞。人们觉得由猪掌管和经营的农场不合常理,可能会导致邻近农场不稳定。很多农场主不经调查就想当然地认为,这样的农场容易滋生放纵与散漫的情绪。他们担心这样的农场会给自己农场里的动物,乃至雇工,造成不良影响。现在,所有的疑虑都已消除。今天,他和朋友们参观了动物农场,亲眼目睹了这里的每一个地方,结果呢?这里不仅设施最先进,而且纪律严明、井然有序,堪为人类农场的楷模。他可以肯定地说,动物农场里的下层动物比这个地区任何农场的动物干得更多,吃得更少。今天,他和来参观的朋友们亲眼见识了这里的诸多特色,准备立刻引介到他们自己的农场。

他说,结束讲话前他想再一次强调,动物农场与邻近农场的友好关系应当长期持续下去。猪和人类之间,过去没有,未来也不应该有,任何利益冲突。彼此需要面对的困难和斗争是一样的。面临的劳工问题不就完全相同吗?说到这里,皮尔金顿先生显然想给大家讲一句精心准备好的俏皮话,可是话还没出口,自己就先笑得控制不住。他费了很大的劲,几层肥下巴都憋紫了,才勉强忍住笑说:"你们有你们的下等动物要对付,我们有我们的下等阶层!"这句"妙语"令全桌哄然大笑。

皮尔金顿先生再次向动物农场管理中的低口粮、长工时和严纪律表示祝贺。

最后,他要求全体起立并确认酒杯斟满。"诸位,"皮尔金顿先生一锤定音地说道,"诸位,我提议:为动物农场的繁荣昌盛干杯!"

餐厅里顿时响起欢呼声和跺脚声。拿破仑醺醺然离开座位,绕到皮尔金顿先生身旁,跟他碰杯后一饮而尽。欢呼声渐渐平息,拿破仑两腿站立,学着皮尔金顿的样子,说自己也有几句话要讲。

拿破仑的讲话照例简短而直奔主题。他说,自己非常高兴双方终于冰释前嫌。长期以来流传着一种谣言,认为他与同事们的观点颠覆甚至具有革命性,说他们企图煽动邻近农场动物的造反情绪。他坚信这一定是歹毒之人的蓄意中伤。净是一派胡言!无论过去还是现在,他们唯一的希望就是跟邻近农场修好,建立正常的商贸关系。他还说,自己有幸管理的这家农场是一个合作性质的企业。由他负责保管的土地所有权凭证,归全体猪共有。

拿破仑说,他相信过去的诸多猜疑不复存在。农场最近也在常规管理中进行了一些调整,有望进一步促进动物农场与邻里之间的相互信任。迄今为止,农场里动物互称"同志",这一做法着实太愚蠢。从此取缔此类称呼。农场还有一个不知源自何处的奇怪传统——每个星期天上午列队走过钉在花园柱子上的公猪头盖骨。公猪头骨已经埋掉,这个传统也将被取消。各位客人可能看见过旗杆上飘扬的绿旗。要是见过,也许会发现从前旗子上画的蹄子和犄角已经被撤掉。从今往后,只是一面纯绿色的场旗。

拿破仑说,对皮尔金顿先生的完美的睦邻致辞,他只有一点修正意见。皮尔金顿先生通篇都使用"动物农场"这个名字。皮尔金顿先生当然不会知道——他,拿破仑,现在正式宣布——"动物农场"的称号从此作废。从今往后,农场启用旧有名称"庄园农场",这才是农场正确而贴切的名字。

"诸位,"拿破仑最后提议,"我也要请大家干杯,不过祝酒词改了。请斟满酒杯。诸位,我的祝酒词是:为庄园农场的繁荣昌盛干杯!"

餐厅里再一次响起欢呼声,个个喝得杯中见底。但是,趴在窗户外向内张望的动物们觉得,似乎有些奇怪的事情正在发生。猪的面孔发生了什么变化？克罗弗混浊的两眼从一张张面孔望过去，有的五个下巴，有的四个下巴，有的三个下巴。但是，什么东西正在融合，正在变化？后来，掌声停了，宾主拿起纸牌，继续刚才中断的游戏。动物们默然离开。

还没走出二十码，动物们突然停下来。老宅里爆发出一阵吵闹声。大家急忙跑回去，趴在窗口向里望。没错，里面正在剧烈争吵。有的在大声喊叫，有的在砸桌子，有的满眼狐疑地、恶狠狠地瞪着对方，有的怒气冲冲、抵死耍赖。争吵的缘由似乎是因为拿破仑和皮尔金顿先生同时亮出一张黑桃 A。

十二种愤怒的声音，听起来完全一个样。现在，猪脸上发生的变化，疑团已经揭开。窗外的动物从猪看到人，从人看到猪，再从猪看到人，分不清哪个是人，哪个是猪。

一九四三年十二月——一九四四年二月

附录一

《动物农场》序

《动物农场》第一版作者勘定稿页码显示，书中原本留着奥威尔亲撰序言的版面。成书后，序言并未见刊出。多年后，伊恩·安吉斯发现当时未能刊印的序言手稿，与伯纳德·克里克教授所作导读《〈序言〉撰写始末》一同刊发在一九七五年九月十五日《泰晤士报文学增刊》上。

英国的出版自由

早在一九三七年，我已将全书的主题思想构

思完成,直到一九四三年末才开始动笔写作。写作之后的出版显然会非常困难(尽管当时图书奇缺,任何能够称作"书"的东西都会"热销"),果然,该书先后遭到四家出版商拒绝。其中,只有一家出版社是出于意识形态方面的原因。另外两家出版社多年来一直出版反苏联图书,最后一家并没有明显的政治色彩。事实上,有一家出版商刚开始接受了这本书,谈妥初步意向后,他决定咨询信息部意见,后者警告他,至少强烈地建议他,不能出版这本书。下文摘自该出版商的复函:

> 我提到信息部一位重要官员关于《动物农场》的反应。不瞒你说,他的意见令我深入思考……眼下,我已然清楚,此时出版该书非常不合时宜。如果寓言仅仅笼统影射独裁者和独裁统治,出版应当不成问题。可眼下看来,寓言完全反映苏联的历史进程及其两任独裁者。故事只可能指涉俄罗斯,而非其他独裁统治。再者,如果寓言里的统治阶级不是猪的话,攻击性也会小一些①。我认为,

---

① 不知道这一说法源自这位先生还是信息部,但似乎和官方有些关联。(奥威尔注)

选择猪当统治阶级，肯定会冒犯很多人，尤其是那些冲动、易怒的人，无疑，俄国人素以脾气大著称。

此类事情绝非好现象。政府部门显然不应该拥有对非官方资助书籍的审查权利（涉及国家安全的检查除外，战争时代大家能够接受）。但当前思想和言论自由的最大威胁并不是信息部或其他官方机构的直接干预。出版商和编辑之所以利用职权阻止某些内容刊印，不是因为担心受迫害，而是因为害怕公众意见。在英国，作家和新闻记者最大的敌人是知识懦弱，这一点于我已是无须争辩的事实。

有新闻从业经验的人，但凡有一颗公正之心，都会承认战争期间的官方审查并不算特别讨厌。我们并未遭受看似合理的极权主义"平衡"。新闻业的一些不如意颇可以理解，但整体看来，政府对于少数派意见出乎意料的宽容，并无太多可以指摘之处。英国文学审查之恶劣全在于出版界的主动阻遏。无须官方出言，不受欢迎的观点遭噤声，可能带来麻烦的事实受遮蔽。只要在国外生活过一段时间就会知道，许多足以成为新闻头条的大事件,被英国出版界直接摒除在外,不是因为政府干预,而是出于一种集体性"默契"——提到那些事情"不妥"。这种事情发生在日报界,颇可以理解。因为英国新闻业高度集中,多数掌控在富人手中,他们有充分理由在某些重要话题上发布不实报道。但这种隐秘的审查居然也发生在书籍、期刊、戏剧、电影和广播等领域。英国在任何时候都有一种正统思想,一种被所有循规蹈矩之辈不加质疑接受的思想。这样、那样或其他别的什么事情,没有谁明确规定不能说,但说了会"不妥",比如,在维多利亚时代中期,当着女士的面谈论裤子就很"不妥"。有谁胆敢挑战主流正统思想,就会发现自己很快被噤声。一个不合主流的观点,根本没有机会在大众出版界或学术期刊中发声。

当下,主流正统思想要求大家只能景仰俄国苏维埃,对其不能有半点批评声音。人尽皆知这一主流要求,也几乎人尽恪守。任何对苏维埃政权的批评,任何对其意图隐瞒之事的揭露,都几无出版可能。奇怪的是,在我们这个提倡言论自由的国家,居然盛行这种举国上下讨好盟友的行径。

不允许抨击苏维埃政府,却可以自由批评我们自己的政府。禁止刊印攻击斯大林的言论,却时常能够在图书和期刊上读到攻击丘吉尔的文字。开战五年来,其中有两三年时间我们是为民族存亡而战,主张向德国忍辱求和的无数图书、宣传册和文章却得以不受干涉地出版。而且,这些言论出版发行后也并未激起公众不满。只要不涉及苏维埃俄国的声誉,言论自由的原则就颇可以奉行。还有其他一些遭禁止的话题,我随便就可以列出不少。但当前对苏联的主流态度是最严重的问题,这种态度并非源自遭受外界压力,而完全是一种自觉自愿。

一九四一年以来,英国半数以上的知识分子对苏联舆论宣传表现出来的奴性令人吃惊。当然,类似奴性在早前若干事件中已露端倪。在一件件有争议的问题上,人们置历史事实和知识分子的体面于罔顾,不经核验就接受并发表苏联的观点。仅举一事为例,英国广播公司在庆祝苏联红军创建二十五周年时不提托洛茨基(这就好比纪念特拉法尔加海战不提纳尔逊),可英国的知识界并无人表示不满。涉及若干被占领国家的内部斗争,英国媒体几乎一边倒地与苏联支持的那一派站在一起,中伤对立派,为达目的经常阻止至关重要事实的发表。南斯拉夫游击队领袖米哈伊洛维奇上校就是个特别典型的例子。苏联有自己的"南斯拉夫傀儡"铁托元帅,于是就控告米哈伊洛维奇与德国人勾结。英国媒体旋即照搬这一指控,米哈伊洛维奇的追随者则被剥夺了回应辩解的机会——所有与指控不合的观点决不予以刊印。一九四三年七月,德国悬赏十万金克朗捉拿铁托,十万金克朗捉拿米哈伊洛维奇。英国媒体大肆报道了捉拿铁托的悬赏,只有一家报纸(用小号字体)提到捉拿米哈伊洛维奇的赏金,但却依旧指控其与德国勾结。西班牙内战期间也发生过非常相似的事情。苏联意欲粉碎支持西班牙第二共和国的几派力量,英国左翼媒体于是展开对他们的肆意诋毁,任何辩护性言论(甚至信函)都被拒绝出版。现在,不仅指责苏联的言论会受到谴责,就连含有此类言论的事实都会被刻意隐瞒。比如,托洛茨基去世前不久写的《斯大林传记》。可以预料,这本书不会毫无偏见,但显然会有销路。一家美国出版商同意出版该书并交付印刷

（估计赠阅本已经寄出），此时，苏联宣布加入战争。书立刻被召回。尽管这本书的存在及被查禁是个值得书写的新闻事件，英国媒体却只字未提。

非常有必要区分英国知识分子自我实施的审查和迫于外界压力开展的审查。众所周知，禁谈某些话题是因为牵涉"既得利益"。最出名的莫过于专利药欺诈事件。此外，天主教会也能够对出版界施加相当大的影响，能够在一定程度上压制媒体对教会的批评。涉及天主教父的丑闻从不会见诸报端，而圣公会神甫要是惹上麻烦（比如斯蒂夫基教区神甫事件）肯定会上头条。舞台演出或电影中很少会有反天主教倾向的东西。演员们会告诉你，要是哪部戏剧或电影攻击天主教会或者拿天主教开玩笑，很可能会遭媒体集体抵制，最终导致演出失败。但此类事情并无太大害处，或至少可以理解。任何大型组织都会竭尽所能维护自身利益，对自身利益进行公开宣传也不是什么坏事情。人们不会指望英国共产党机关报《工人日报》公开宣传对苏联不利的事情，就像他们不会期待《天主教先驱报》公然批评教皇一样。每个有头脑的人都知道《工人日报》和《天主教先

驱报》是干什么的。令人不安的是,但凡跟苏联
和苏联政策一沾边儿,就别指望会有知识分子站
出来批评,甚至在多数情况下,也不能指望那些并
未遭受直接证伪压力的作家和新闻记者站出来说
句实话。斯大林神圣不可侵犯,禁止公开讨论他
的政策,这已成为一九四一年以来人们普遍恪守
的准则。事实上,在此之前长达十年的时间里,这
个准则早已广为施行,只是有时并未被人们意识
到罢了。那时候,左翼对苏联政权的批评很难发
声。当时有大量的反苏联文献,几乎全部出自保
守派阵营,观点明显不实、陈腐,且动机卑鄙。另
一方面,也有大量支持苏联的不实宣传,企图阻止
所有以成人方式谈论重要问题的人。你确实可以
出版反苏图书,但这么做注定要遭到主流媒体的
驳斥或扭曲。人们或公开,或私下,会告诫你这么
做“不妥”。他们会说,你的话也许是真的,但却
“不合时宜”,会被这样或那样的反动集团利用。
持这种态度的人,通常会拿国际形势说事,说当前
形势迫切需要英苏联盟,可你明显知道那不过是
套说辞。英国的知识分子,或者说大部分知识分
子,已经养成对苏联的无比忠诚。在他们看来,任

何质疑斯大林智慧的做法都是一种亵渎。他们用不同的标准，区别对待发生在苏联和在其他地方的事情。那些终其一生都在抵制死刑的人，却为一九三六年至一九三八年间苏联的大清洗喝彩；他们公开报道印度的饥荒，却刻意隐瞒乌克兰发生的情形。战前，知识界的风气就是这个样子，至今自然也好不到哪里去。

现在回过头来说说我的这本书。大多数英国知识分子对此反应十分简单："不应该出版"。自然，那些深谙毁损之道的书评家不会拿政治原因说事，而是设法找出其文学上的不足。他们会说，此书无聊、愚蠢，纯属浪费纸张。这种评论也许有道理，但显然不全面。人们不会仅仅因为一本书写得不好就断言它"不应该出版"。再说，每天都有大量印制垃圾问世，也无人干涉。英国知识分子（或大多数英国知识分子）反对出版此书，是因为此书诋毁他们的领袖，他们因此认为出版此书会损害进步事业。如果这是一本颂扬斯大林的书，即便书中文学上的瑕疵十倍于眼前这本书，他们也会不置一词。就拿英国左翼俱乐部来说，曾有四五年时间，只要作者说的是他们想要听的话，不管作品多么粗俗下流、多么草率,他们都非常乐意出版。

　　此处涉及一个十分简单的问题:是否每一种观点,不管多么不受欢迎,多么愚蠢,都有资格发声?对于这个问题,几乎每一个英国知识分子都会回答"有"。但如果问得具体一点,"对斯大林的攻击呢?有资格发声吗?"答案一定是"没有"。如此发问挑战了主流正统思想,言论自由的准则自然行不通。其实,人们要言论与出版自由时,并非要求绝对的自由。只要有组织的社会形式存在,就一直会存在某种程度的审查。但是,正如罗莎·卢森堡①所言,所谓自由就是"给他人自由"。类似观点在伏尔泰思想中也存在,"我不同意你的观点,但我誓死捍卫你说话的权利。"知识的自由无疑是西方文明的显著标志,其真谛是,只要不蓄意危害他人,人人拥有表达自己观点的言论与出版自由。直到最近,资本主义民主政权和西方

---

　　①　罗莎·卢森堡(1871—1919)是波兰、德国和国际共产主义运动史上杰出的女革命家,马克思主义理论家,德国社会民主党和第二国际著名左派领袖之一,德国共产党的创建人和领导人之一,世界著名的具有民主思想的社会主义者。

社会主义都信奉这一准则。我前面曾经指出过，我们的政府看上去也非常崇奉这一点。大街上的普通民众之所以懵懂不清地说"我觉得每个人都有表达自己观点的权利"，部分可能是因为对他们不太感兴趣的观点，会多一些容忍之心。恰恰是最应当捍卫自由的文学界和科学人士开始在理论和实践上摒弃了自由原则（至少他们中大部分人如此）。

我们这个时代最吊诡的现象就是对自由的背叛。除了大家耳熟能详的马克思主义观点，认为"资产阶级自由"是个幻想，当前还有一种普遍倾向，认为能够通过极权主义手段捍卫民主。这种观点认为，如果热爱民主，就应该不择手段地摧毁民主的敌人。哪些人是民主的敌人？那些公开、有意识地攻击民主的人是民主的敌人，而那些传播错误思想，"客观上"造成对民主威胁的人，也是民主的敌人。换言之，捍卫民主意味着毁灭思想之独立自主。比如，有人用这种观点为苏联大清洗辩护。就连最狂热的亲俄派也不相信那些被清洗的人全都犯下被指控的罪行。被清洗者持有异端看法，"客观上"危害了苏联政权，屠杀他们、

用莫须有的罪名冤枉他们,因此也都被视为合情
合理。当年左翼媒体蓄意抹黑托洛茨基主义者和
西班牙内战中共和党少数派的做法,也被用类似
观点合理化了。一九四三年,莫斯利①获释,媒体
反对法庭给予他人身保护权,用的也正是这一套
说辞。

这些人并不明白,如果鼓励极权主义手段,总
有一天会被极权所害,极权不会成为他们的福祉。
如果不经审判就直接将法西斯分子投入监狱的做
法成为习惯,这一情形终将不止于法西斯分子。
被查禁的《工人日报》复刊后不久,我前往伦敦南
部一家工人大专院校做报告。听众是工人阶级和
中下层阶级的知识分子——在左翼俱乐部遇到的
基本上也就是这种类型的人。我在报告中谈到出
版自由,令我吃惊的是,讲座结束时有几个人站起
来问我是否认为解禁《工人日报》是个大错误。
问及原因,他们说该报的忠诚令人质疑,战时不能

---

① 莫斯利,即奥斯瓦尔德·莫斯利爵士(Sir Oswald Ernald
Mosley, 6th Baronet)是一名英国极右翼政治家,因组织创立英国
法西斯联盟而出名。2006 年被 BBC 评为"20 世纪最可恶的英国
人"。

容忍此类事体。我发现自己居然会捍卫《工人日报》，事实上，该报曾不止一次对我进行恶意中伤诽谤。发问的这些人从哪里学来如此极端的极权主义观点？肯定是从他们中的共产主义者那里！宽容和体面深植于英国传统，但却并非坚不可摧，需要有人自觉维护才能长存。散播极权主义观点，其结果会削弱自由人判断危险的本能。"莫斯利事件"足以证明这一点。一九四〇年拘禁莫斯利的做法完全正确，无论其是否犯下实质性罪行。我们为存亡而战，决不姑息任何叛国行径。但一九四三年未经审判直接将其投入监狱则是一种暴行。然而，糟糕的是，大多数人都没有能够意识到这一点。诚然，释放莫斯利引发的骚乱部分系人为所致，部分则可能是对其他不满的一种宣泄。然而，目前这种法西斯主义倾向，有多少是源自过去十年的"反法西斯"斗争以及斗争中所采取的不择手段？

我们必须意识到，当前的苏联狂热只是西方自由传统普遍削弱的一个症候。如果信息部横加干涉，禁止出版眼前的这本书，大多数英国知识界人士不会觉得有何不妥。当前的主流思想就是对苏联绝对忠诚,但凡涉及所谓的苏联利益,他们不仅愿意容忍审查,也愿意容忍对历史的肆意篡改。仅举一事为例。美国著名记者约翰·里德亲历十月革命,写成纪实作品《震撼世界的十天》。里德去世后,该书著作权落到英国共产党手中(我相信是里德本人的遗赠)。几年之后,英国共产党尽其所能销毁该书原版,发行了一个篡改了的文本,删改所有提及托洛茨基的地方,还撤掉列宁撰写的序言。如果英国尚存有激进的知识界,全国的所有报纸一定会披露并公开谴责这一造假行径。事实上,全国上下却几无质疑之声。对很多英国知识分子而言,这件事似乎非常自然。对于公然造假的容忍,并非仅仅源于当下流行的苏联崇拜。这种流行可能持续不了多久。在我看来,这本书出版的时候,我对苏维埃政权的看法可能会成为广泛接受的观点。可这又有什么用?进步并非是用一种正统思想取代另一种正统思想。最大的敌人是留声机似的头脑,不管自己认不认同,只要有人播放就会听从。

　　我熟知各种反对思想和言论自由的论调,或声称压根就不存在思想和言论自由,或认为不该存在此种自由。我的回应非常简单：他们的说辞并不能让我信服，而且，我们四百年来的文明恰恰是建立在自由基础之上。过去十多年来，我一直认为现存苏联政权是个邪恶政权。尽管我们已与苏联结成同盟，尽管我也希望能够看到战争胜利，我依然认为自己有权利这么说。如果一定要找一句话为自己辩护，我会选择弥尔顿的一行诗：

依据古老的自由准则

"古老"一词强调知识的自由是古已有之的传统，离开这一传统，遑论西方文明之存在。如今，有很多知识分子正在偏离这一传统。他们已然接受如下准则：一部书的出版与查禁，褒扬与贬抑，并不取决于书本身的优劣，而完全取决于当时的政治权宜。一些实际上并不持此类看法的人，因为怯懦而苟同。比如，对当下流行的苏联军事崇拜，英国原本可以发声的众多和平主义者却选择集体沉默。在那些和平主义者看来，一切暴力都是罪恶，在战争的任何阶段，他们都敦促我们投降或至少妥协求和。但他们中有多少人说过苏联红军发动的战争也是罪恶？显然，苏联人有权利捍卫自己,而我们如果捍卫自己,却会被视为死罪。这种自相矛盾的做法,只能有一种解释:因为懦弱,因为想讨好那帮心向苏联而非英国的知识分子。我知道,英国的知识分子对他们的怯懦和虚伪有着种种托词,事实上,我对他们为自己辩护的这些借口了然于心。但至少让我们别再胡扯反抗法西斯、捍卫自由云云。如果自由真正有所意味,那就意味着告诉人们其所不愿闻听之事的权利。普通民众仍然模糊地记得这一权利,并据此行事。在英国(各国情况不尽相同,共和国时期的法国并非如此,此际的美国亦非如此),惧怕自由的正是自由主义者,想要令知识蒙尘的正是知识分子。为吁请各界注意,特作此序。

乔治·奥威尔

《动物农场》乌克兰文版序

　　乌克兰文版《动物农场》主要读者群是二战后生活在德国流离失所者营地(由英美两国统管)的乌克兰人。据翻译和发行此书的伊赫·施策克策科信中说,这些人曾支持过俄国十月革命,誓死捍卫革命胜利果实,但他们反对"反革命的斯大林独裁主义"以及"苏联对乌克兰实施的民族压迫"。他们是些纯朴的工人和农民,一部分人受过些许教育,但全都热衷阅读。伊赫·施策克策科请求奥威尔为这些人专门写一篇序言。奥威尔此序的英文原稿佚失,本篇序言是从乌克兰文版回译成英文的。奥威尔拒绝收取乌克兰版和其他为无钱购书者翻译文本（如波兰文译本和泰卢固文译本）的版税。奥威尔本人出资支付俄语译本出版费用。俄文本译成薄薄的册子，供铁幕之后①的士兵和其他人阅读。

我受嘱为《动物农场》乌克兰文版写一篇序言。我意识到自己是在为完全不了解的读者写序言，我也意识到，他们很可能根本不知道我是何许人。

在这篇序言中，读者们很可能想知道《动物农场》主题的缘起。但我想首先谈一谈我个人以及我形成政治立场的经历。

一九〇三年，我出生于印度。父亲任那里的英国行政机构官员。我的家庭属于军人、教士、政府官员、教师、律师、医生那一类的普通中产阶级。

---

① 铁幕指的是冷战时期将欧洲分为两个受不同政治影响区域的界线。当时，东欧属于苏联（共产主义）的势力范围，而西欧则属于美国（资本主义）的势力范围。

入读英国最昂贵、最势力的公学——伊顿公学①，是因为我获得了一笔奖学金，否则，我父亲根本无力支付我就读此类学校的高昂学费。

我毕业后不久（当时还不满二十岁），去了缅甸，成为印度的一名帝国警察。帝国警察是一支武装部队，一种非常类似于西班牙国民卫队或法国别动队的宪兵队。我在警察部队服务五年。那份工作不适合我，激起了我对帝国主义的痛恨，虽然当时缅甸民族主义情绪并不明显，英国人和缅甸人的关系也不算特别坏。一九二七年，我从警察部队辞职，回英国休假，决心当一名作家。一开始，并没有特别成功。一九二八年至一九二九年，我住在巴黎，写过一些短篇小说、长篇小说，但没有人愿意出版（我就把它们全部毁了）。接下来几年，我勉强可以靠写作糊口，偶尔也会吃不上

① 原文注：这些学校并非公共的"国立学校"，而是高级、昂贵的寄宿中学，学校各自分散。直至近年，几乎只招收富有贵族家庭的子女。19世纪暴富银行家梦寐以求的就是把孩子们送入公学就读。公学里非常注重运动，可以这么说，运动造就高贵、强健的翩翩风度。英国公学中，伊顿尤其著名。据报道，威灵顿曾说过，滑铁卢战役的胜利取决于伊顿田径场上的训练。此前不久，英国统治阶层的绝大部分都曾就读于公学。（奥威尔注）

饭。直到一九三四年,我才真正能够靠写作养活自己。那段时间,我经常一连几个月与穷人和疑似犯罪分子混在一起,他们要么住在贫民区最破烂的地方,要么混迹街市行乞、盗窃。最初,我因为缺钱跟他们混在一起,后来,他们的生活方式激发了我的浓厚兴趣。我花好几个月时间(比较系统地)研究英国北部矿工的生活状况。到一九三〇年,我总体上还未将自己看作社会主义者。我其实还没有明确的政治观点。我之所以成为拥护社会主义的人,并非出于对计划社会的理论景仰,而是因为对产业工人中穷苦人所受的压迫和忽视感到厌恶。

一九三六年,我结婚成家。就在几乎同一个星期,西班牙内战爆发。我和妻子都想奔赴西班牙,为西班牙政府而战。六个月后,我把手头的书一写完就动身了。到了西班牙,我在阿拉贡前线待了差不多半年,结果在韦斯卡被一名法西斯狙击手击中喉咙。

战争初期,几乎所有外国人都没有意识到支持西班牙政府的各派政党的内部斗争。由于诸多变故,我最终没能像大多数外国人一样参加国际纵队,而是加入马克思主义统一工人党的军队——成为西班牙的托洛茨基主义者。

一九三七年五、六月间,西班牙共产党掌控(或部分控制)政府,开始迫害托洛茨基主义者,我和妻子都在受迫害之列。我们侥幸活着逃出西班牙,一次也没有被逮捕过。我们有很多朋友被杀害了,还有些朋友在狱中被关了很长时间,还有些直接失踪了。

西班牙大搜捕与苏联大清洗同时发生,是对苏联大清洗的补充。在西班牙和苏联,指控的罪名如出一辙(即"与法西斯分子勾结"),就西班牙而言,我坚信那些指控纯属乌有。这次经历给我上了生动的一课,经验弥足珍贵:我从此知道,极权主义宣传能够多么轻易控制民主国家开明人群的舆论。

我和妻子亲眼看见众多无辜的人遭逮捕入狱,仅仅因为被怀疑持有异端思想。然而,我们回到英国后,却发现众多敏感、博识的观察家居然相信媒体发自莫斯科审判现场的关于阴谋、叛国和破坏的荒诞报道。

因此,我也更清楚地看到苏联神话对西方社

会主义运动产生的负面影响。

说到这里，我必须停下来谈谈我对苏维埃政权的态度。

我从未去过苏联，我对苏联的了解全部来自书本和报刊。即便我有这力量，也不想对苏联的内部事务指手画脚：我不会仅仅因为斯大林跟他的追随者野蛮、独裁而谴责他们。在彼时情境下，即便他们动机纯良，恐怕也只能如当时那般行事。

可另一方面，我认为最重要的事情是让西欧民众看清苏维埃政权的真实面目。自从一九三〇年以后，我很少看到有什么能够证明苏联在朝着人们真正所称的社会主义迈进。相反，诸多迹象却清晰表明，苏联正朝向等级社会转变，苏联统治者像其他任何统治阶级一样不愿意放弃手中的权力。而且，英国的工人和知识分子，无法理解今日苏联绝非一九一七年之苏联。部分因为他们不愿意理解（他们愿意相信，在别的什么地方，真正的社会主义国家确实存在），部分因为他们习惯了公共生活中的相对自由与稳定，极权主义是完全超出他们理解能力的东西。

大家必须记住,英国也不是完全的民主,它是一个有着极大阶级特权和巨大财富差距(即便在一场意欲令人人均等的战争之后)的资本主义国家。纵然如此,人们在这样的国度里生活了几百年,没有大的冲突,法律相对公正,官方新闻和数据基本可信,最最重要的是,持有和发表少数派意见不会招致性命之忧。在这样的环境中,普通人无法真正理解集中营、大规模强制迁移、未经审判的逮捕、出版审查等。他读到关于苏联这种国家的任何事情,都自动英国化了,他也因此非常天真地全盘接受极权主义制造的谎言。到一九三九年,甚至更晚的时候,英国大多数民众还无法真正理解德国纳粹政权的真正性质。如今,他们在很大程度上对苏维埃政权抱有同样的幻觉。

如上种种给英国的社会主义运动带来巨大伤害,给英国的外交政策造成严重后果。事实上,在我看来,没有什么比认为苏联是社会主义国家,认为苏联统治者的任何行为不能仿效就一定要予以辩护的观点,更能导致原有社会主义概念的倒塌。

因此,过去十年来,我一直坚信,如果我们想振兴社会主义运动，就一定要打破当下的苏维埃神话。

　　我从西班牙回来后，就构思着用故事的形式揭露苏维埃神话，既要让每个人都易于理解，又要能够易于翻译成其他语言。然而，故事的具体情节，过了很长时间才成型。当时，我住在一个小村庄里，看到一个十来岁的小男孩赶着一辆马车沿着小路往前走，那匹马一想转弯，小男孩就用鞭子抽打它。我于是想到，要是这些牲口知道自身的力量，我们人类就无法控制他们，其实人类驱使牲口跟富人剥削无产阶级是同样的道理。

　　我接着从动物的角度分析马克思理论。在动物看来，人类内部进行阶级斗争的概念纯粹是错觉，因为一旦需要，人类就会联合起来共同剥削牲口：真正的斗争存在于动物与人类之间。从这一立论出发，故事的具体细节就不难构思。一直忙于各种琐务，直到一九四三年，我才有暇顾及此书写作。后来，我把一些大事件也写进书里了，比如写书时正在召开的德黑兰会议。如此说来，在我真正动笔写作时，故事的主线在我脑中已构思了六年有余。

我不想就作品发表意见。如果作品不能说明自身，一定是个失败。但我想强调两点：首先，虽然不少情节取材于苏联革命的历史事实，但为故事行文便利，已进行了必要处理，且已打乱其年代顺序。第二点常被大多数评论家忽略，很可能是我自己未能予以充分强调。不少读者看完此书可能会认为，全书大结局是猪和人类达致完全和谐。这并非我的本意。恰恰相反，我原本想要全书终于不和谐的高音符。因为书稿杀青时，德黑兰会议刚刚结束。大家都认为该会议使得苏联和西方实现最大限度的修好，而我个人却认为这种良好关系不会持久。事实也已证明，差不多被我说准了。

我不知道还需要说点什么。如果读者对我个人情况感兴趣，不妨告诉大家，我妻子亡故，留下一个三岁的儿子。我以写作为生，开战以来，我的主要身份是记者。

我最常投稿的《论坛报》，是一份社会政治周刊，整体而言代表英国工党左翼。普通读者可能会对我的如下作品感兴趣（乌克兰文读者如果能够找到的话）：《缅甸岁月》（关于缅甸生活的故事)、《致敬加泰罗尼亚》(源于我参加西班牙内战的经历)和《评论集》(主要从社会学角度而非文学角度,对英国当代流行文学进行评论的文集)。

乔治·奥威尔

附录三

《动物农场》注解

　　一九四五年八月十七日,《动物农场》在英国出版,次年在美国刊印发行。在《动物农场》之前,奥威尔的九部作品(包括《鲸鱼之中》和《狮子与独角兽》)在英、美两国发行总量达 195,500 册。其中,《去维岗码头之路》发行 47,079 册,企鹅版《巴黎伦敦落魄记》(1940)和《缅甸岁月》(1944)共计发行 115,000 册。二战结束后,纸张短缺限制了《动物农场》在英国的发行数量。但是,截至一九五〇年一月奥威尔去世,该书在英国刊印发行 25,500 册,在美国发行 590,000 册。这些数据能够从数量上说明《动物农场》出版后的盛况。该书后来被翻译成多国语言,足以证明作品取得的巨大成功。奥威尔去世前的短短几年时间,《动物农场》被译成几乎所有的欧洲主要语言,同时还出现了波斯语、泰卢固语、冰岛语和乌克兰语译本。但不同语种读者接触到的是什么样的文本体裁?《动物农场》最重要的文本变体直接体现在书名页。奥威尔原书名为"动物农场:一个童话故事"。瑟克·沃伯格出版社和企鹅出版社均完整保留原标题,但美国发行商却将"一个童话故事"删除掉(一位拒绝在英、美两国同时发行《动物农场》的出版商,认为童话故事不会有市场,也采取了同样做法)。奥威尔离世前,仅泰卢固语译本保留了原书名的后半部分。在其他语种的译本中,不是删除原来的副标题,就是将副标题改换成"一部讽刺小说"或"一部当代讽刺小说",甚或将其描述成历险记或传说。此处,本人无意探讨副标题的重要性,但也不妨顺便说一下,奥威尔的童年生活、后来当教师和在英国广播公司工作的经历,使他一直热衷于童话故事体裁。

奥威尔的两部作品《动物农场》和《一九八

四》打字稿都得以保留下来，同时流传下来的还有一份《动物农场》审读校对稿。各版本之间变化不大。书稿在英国刊印时，调整了大小写和拼写问题（对奥威尔原稿中同一用法中是否用连字符号或空格问题，统一进行了处理），每一页的标点符号基本审校两遍。本版采用奥威尔原稿中的符号标注方式，对于"七戒"这一术语统一采用首字母大写形式。一九四五年刊印时，为避免伤害读者感情，出版商委婉地要求，鸽子不可以在琼斯和他的工人们头顶"肆意抛拉粪便"（第四章，第七自然段），建议改用"排泄"。

除了可能会引发体裁问题的副标题变更，《动物农场》书中还有两次有趣的文本修订。一次是在第一版刊印前进行的修改，另一次则是过了一段时间之后另外添加的，因此显得不太贴合。

一九四五年三月，奥威尔在巴黎担任《观察家报》和《曼彻斯特晚报》两家报刊的战地记者。他意外邂逅苏联集中营和卡廷大屠杀的幸存者约瑟夫·扎茨基。尽管后者经历过集中营和大屠杀，尽管他反对苏维埃政权，却坚持告诉奥威尔（奥威尔在给亚瑟·库斯勒的信中提到过此事），

"是斯大林……是伟大的斯大林"拯救了苏联,使苏联免遭德国入侵。"德国人快要攻占莫斯科时,斯大林坚守在那里,他的勇气挽救了时局。"《动物农场》中的各个角色并不能跟历史人物完全对号入座,但书中的拿破仑肯定代表斯大林的形象。① 遇到约瑟夫·扎茨基后几天,奥威尔写信给出版商,要求把第八章第二十一自然段的"所有动物,包括拿破仑",全都扑倒在地这一句,改为"所有动物,除了拿破仑"。他说,这一变更"对斯大林会公平一些,因为德军入侵时他坚守在莫斯科。"

　　一九四六年底,奥威尔改编《动物农场》,将它搬上英国广播公司第三套节目。十二月二日,奥威尔的朋友、美国《政治》期刊主编德怀特·麦克唐纳致信说,《动物农场》只适用于苏联,他认为奥威尔没能将其提升到一个更大的革命哲学高度。奥威尔回信说,虽然《动物农场》"主要是对

---

　　① 原文注:乔治·奥威尔写给伊冯·达韦的信中提到,他这部小说实际上是"反对斯大林"的。他建议法文版书名定为《动物共和国社会主义联盟》,首字母缩写在一起就是"熊"的意思。在法文版中,"拿破仑"取名"恺撒"。

苏联革命的讽喻", 却旨在指涉更广泛意义上的革命。他将那种革命定义为"一群骨子里贪嗜权力的人领导的暴力阴谋", 他说这种革命的终极目的就是改朝换代。奥威尔接着说道,"我想要表达的主旨思想是,只有当民众提高警惕,知道如何驱除贪嗜权力的领导,革命才会引领进步。书中的转折点出现在猪把牛奶和苹果据为己有时", 在现实世界他指涉的是一九二一年喀琅施塔得海员为支持列宁格勒反苏维埃政权罢工而发动的兵变。奥威尔意识到小说中的转折点不够清晰,于是在刚刚改编完成的播音稿中添加了如下对话:

克罗弗:你觉得侵吞苹果合适吗?

莫丽:什么?把苹果据为己有?

缪丽尔:我们分不到吗?

奶牛:我原以为会平均分给大伙儿呢。

英国广播公司制作人雷纳·赫彭斯托尔删除了这些对话,这几句话所起到的重要承接意义也随之消失。奥威尔后来没有修订过《动物庄园》,编辑也不能擅自越权将这部分内容添加到作品中,但这些内容确实强调了主旨,诚如奥威尔对杰弗里·戈勒所言,这几句话在《动物农场》中"至关重要"。

彼得·戴维森

于伦敦·奥尔巴尼

乔治·奥威尔生平简历

一九〇三年　六月二十五日生于英国殖民地印度。

一九〇四年　随母亲回英国定居。

一九一一年　入读私立寄宿学校圣·塞浦里安预备学校。

一九一四年　发表诗作《醒来吧,英国的小伙子们》。

一九一七年　入读伊顿公学。

一九二一年　伊顿公学毕业。

一九二二年　入职印度皇家警察,担任助理地区警监。

一九二七年　辞去公职,返回英国。

一九三三年　以乔治·奥威尔的笔名发表处女作《巴黎伦敦落魄记》。

一九三四年　《缅甸岁月》在纽约出版。

一九三五年　《缅甸岁月》英国版推出。

一九三六年　与艾琳·奥修兰西结婚，婚后共同奔赴巴塞罗那，报道西班牙内战，后加入马克思主义统一工人党的军队，成为托洛茨基主义者。

一九三九年　第二次世界大战爆发后，参加国内警卫队。

一九四一年　为英国广播公司主持对印度广播。

一九四三年　任工党刊物《论坛报》文学编辑，十一月起开始写《动物农场》。

一九四五年　担任《观察家报》和《曼彻斯特晚报》战地记者期间，妻子艾琳病逝。《动物农场》出版，并开始写《一九八四》。

一九四八年　《一九八四》竣稿，健康状况恶化。

一九四九年　与索尼娅·布劳纳尔结婚，《一九八四》出版。

一九五〇年　患肺病去世，年仅 47 岁。

主要作品表

《巴黎伦敦落魄记》

《缅甸岁月》

《通往维岗码头之路》

《牧师的女儿》

《叶兰在空中飞舞》

《致敬加泰罗尼亚》

《上来透口气》

《鲸鱼之中》

《狮子与独角兽》

《民族主义的基本特征》

《动物农场》

《穷人之死》

《甘地的思考》

《猎象》

《一九八四》

H ummingbird
CLASSICS
蜂鸟文丛

《蜂鸟文丛》

第一辑（按作者生年排序）

第二辑（按作者生年排序）